祝勇故宫系列

故宫的古物之美

The Beauty of Antiquities in The Palace Museum Vol. 4

4

祝勇 —— 著

人民文学出版社

图书在版编目 (CIP) 数据

故宫的古物之美 .4/ 祝勇著 .—北京：人民文学出版社，2023（2023.9 重印）
ISBN 978–7–02–018005–9

Ⅰ.①故… Ⅱ.①祝… Ⅲ.①散文集—中国—当代 Ⅳ.① I267

中国国家版本馆 CIP 数据核字（2023）第 085481 号

责任编辑	薛子俊
责任印制	王重艺

出版发行	人民文学出版社
社　址	北京市朝内大街 166 号
邮政编码	100705

印　刷	北京盛通印刷股份有限公司
经　销	全国新华书店等

字　数	145 千字
开　本	880 毫米×1230 毫米　1/32
印　张	10
印　数	5001－8000
版　次	2023 年 6 月北京第 1 版
印　次	2023 年 9 月第 2 次印刷

书　号	978-7-02-018005-9
定　价	78.00 元

如有印装质量问题，请与本社图书销售中心调换。电话：010–65233595

目 录

自序

故宫沙砾

它是对我们古老文明的惊讶与慨叹，是一种由文化血统带来的由衷自豪。

一

　　我不知道本书的写成，有多少是出于一家著名刊物主编的"威逼"与"利诱"，有多少是出于自愿，因为在写过《故宫的隐秘角落》之后，我隐隐地有了写故宫"古物"的冲动。

　　有一点是明确的：这注定是一次费力不讨好的努力，因为故宫收藏的古物，多达一百八十六万多件（套）。我曾开玩笑，即使我可以一天写五件，要全部写完，需要一千年，相当于从周敦颐出生那一年（北宋天禧元年，公元 1017 年）写到现在，而实际上我写一件古物，常常需要一个多月。这实在是一件幸福的烦恼：一方面，这让故宫成为一座"高大全"的博物馆，故宫一家的收藏超过 90% 是珍贵文物，材美工良，是古代岁月里的"中国制造"；另一方面，这庞大的基数，又让展示成为一件困难的事，迄今为止，尽管故宫博物院已付出极大努力，每年的文物展出率，也只有 0.6%。也就是说，有超过 99% 的文物，仍难以被看到，虽近在咫尺，却远似天涯。至于书写，更不能穷其万一，这让我感到无奈和无力。这正概括了写作的本质，即：在庞大的世界面前，写作是那么微不足道。

二

这让我们懂得了谦卑。我曾笑言，那些给自己挂牌大师的人，只要到故宫，在王羲之、李白、米芾、赵孟頫前面一站，就会底气顿失。朝菌不知晦朔，而蟪蛄不知春秋，这不只是庄子的提醒，也是宫殿的劝诫。六百年的宫殿（到 2020 年，紫禁城刚好建成六百周年）、七千年的文明（故宫博物院收藏的文物贯穿整个中华文明史），一个人走进去，就像一粒沙被吹进沙漠，立刻不见了踪影。故宫让我们收敛起年轻时的狂妄，认真地注视和倾听。

故宫让我沉静——在这座宫殿里，我度过了生命中最沉实和安静的岁月，甚至听得见自己每分每秒的脉搏跳动；但另一方面，故宫又让我躁动，因为那些逝去的人与事，又都凝结在这宫殿的每一个细节里，挑动我表达的欲望——

我相信在它们面前，任何人都不能无动于衷。

三

我把这些物质称作"古物"，而不是叫作"文物"，正是为了强调它们的时间属性。

每一件物上，都收敛着历朝的风雨，凝聚着时间的力量。

1914 年在紫禁城内成立中国第一个皇家藏品博物馆，就是以"古物"来命名的。它的名字叫——古物陈列所。如一百多年前《古物陈列所章程》所写："我国地大物博，文化最先。经传图志之所载，山泽陵谷之所蕴，天府旧家之所宝，名流墨客之所藏，珍赅并陈，何可胜纪……"[1]

1925 年故宫博物院成立，1928 年北伐成功后，南京国民政府颁布《故宫博物院组织法》，将故宫博物院的内部机构，主要分成"两处三馆"，分别是秘书处、总务处、古物馆、图书馆、文献馆，正式使用了"古物"一词，而且"古物"的范围，含纳了图书、文献之外的所有文物品类，古物馆的馆长，也由当时故宫博物院院长易培基先生兼任，副馆长由马衡先生担任（后接替易培基先生任故宫博物院院长），可见"古物"的重要性。

物是无尽的。无穷的时间里，包含着无穷的物（可见的、消失的）。无穷的物里，又包含着无穷的思绪、情感、盛衰、哀荣。

面对如此磅礴的物质书写，其实也是面对无尽的时间书写。我们每个人，原本都是朝菌和蟪蛄。

四

当我写下每个字的时候，我知道自己陷入了不可救药的狂妄，仿佛自己真如王羲之《兰亭集序》所说，可以"仰观宇宙之大，俯察品类之盛"。

但我知道我不是写《碧城》诗的李义山，"星沉海底当窗见，雨过河源隔座看"，一个人面对岁月天地，像敬泽说的，"是被遗弃在宇宙中唯一的人，他是宇航员他的眼是 3D 的眼。"[2] 我只是现实世界一俗人，肉眼凡胎，蚍蜉撼树。我从宫殿深处走过，目光扫过那些古老精美的器物，我知道我的痕迹都将被岁月抹去，只有这宫殿、这"古物"会留下来。

我笔下的"古物"，固然不能穷其万一，甚至不能覆盖故宫博物院收藏古物的六十九个大类，但都尽量寻找每个时代的标志性符号，通过一个时代的物质载体，折射同时代的文化精神，像孙机先生所说的，"看见某些重大事件的细节、特殊技艺的妙谛，和不因岁月流逝而消褪的美的闪光"[3]。我希望通过我的文字，串连成一部故宫里的极简艺术史。（本书也因此获得中国作家协会的重点项目扶持，当时书名拟为《故宫里的艺术史》，但这终究不是一部严格意义上的艺术史，于是改用了这个相对轻松的书名。）

五

我认真地写下每一个字，尽管这些文字是那么的粗疏——只要不粗俗就好。我知道自己的笔那么笨拙、无力，但至少，它充满诚意。

它是对我们古老文明的惊讶与慨叹，是一种由文化血统带来的由衷自豪。

尽管这只是时间中的一堆泡沫，转瞬即逝，但我仍希求在"古物"的照耀下，这些文字会焕发出一种别样的色泽。

第一章

李斯的江山

中国书法无论怎样变幻，都始终在向它的源头致敬。

一

公元前 219 年，秦始皇开始了他人生中的第一次远距离旅行——按照官方的说法，叫作东巡。两年前，那场持续了五个多世纪的漫长战事终于尘埃落定，作为唯一的胜者，秦始皇有理由欣赏一下自己的成果。他从咸阳出发，走水路，经渭河，入黄河，一路风尘，抵达山东齐鲁故地登陶县的峄山[1]。

这一事件与书法史的关系是，当秦始皇站在峄山之巅，眺望自己巨大的国土时，内心不免豪情荡漾，一个强烈的念头控制住他，那就是要把这一事件落在文字上，刻写在石碑上，让后世子孙永远记住他的圣明。

这个光荣任务交给了一路陪同的丞相李斯。李斯当即提笔，运笔成风，沉稳有力地写下一行行小篆，之后，他派人在峄山上刻石立碑，于是有了一代代后世文人魂牵梦绕的秦《峄山碑》。

[图 1-1]
秦公簋器内铭文拓本，春秋
中国国家博物馆 藏

《峄山碑》从此成为小篆书写者的范本。

二

李斯的时代，是小篆的时代。此前，在文字发明后的很长一段时间，流行的字体是大篆。广义地说，大篆就是商周时代通行的、区别于小篆的古文字。[2]这种古韵十足的字体，被大量保存在西周时期的青铜、石鼓、龟甲、兽骨上，文字也因刻写材料的不同，分为金文（也称钟鼎文[图1-1]）、石鼓文和甲骨文。

从故宫博物院收藏的十件先秦石鼓（又称"陈仓石鼓"[图1-2]）上，可以看见中国最早的石刻文字[图1-3]，被称为"篆书之祖"，一字抵万金，被康有为誉为"中华第一文物"。这十只先秦石鼓，每件高二尺，直径一尺多，每个重约一吨，每个石鼓上镌刻的"石鼓文"，都是秦始皇统一中国之前秦国使用的大篆，从书法史的角度看，它上承秦公簋（原藏北京故宫博物院，现藏中国国家博物馆）铭文，下接小篆，是中国文字由大篆向小篆衍变，在尚未定型时期的过渡性字体，结体促长伸短，字形方正丰厚，笔触又圆融浑劲，风骨嶙峋又楚楚风致，透露出秦国上升时期强悍雄浑的力量感。

大篆的写法，各国不同，笔画烦琐华丽，巧饰斑斓。秦灭六国，

[图 1-2]

陈仓石鼓中的汧殴石，先秦

北京故宫博物院 藏　　曹一尘 摄

重塑汉字就成为政府第一号文化工程，丞相李斯亲力亲为，为帝国制作标准字样，在大篆的基础上删繁就简，于是，一种名为小篆的字体，就这样出现在书法史的视野中。

这种小篆字体，不仅对文字的笔画进行了精简、抽象，使它更加简朴、实用，薄衣少带、骨骼精练，更重要的是，在美学上，它注意到笔画的圆匀一律、结构的对称均等，字形基本上为长方形，几乎字字合乎二比三的比例，符合视觉中的几何之美。这使文字整体上显得规整端庄，给人一种稳定感和力量感，透过小篆，秦始皇那种正襟危坐、睥睨天下的威严形象，隐隐浮现。

其实，早在秦始皇之前，大禹就已经把自己的功绩刻写在石头上了——治水完成后，大禹用奇特的古篆文，在天然峭壁上刻下一组文字，从此成为后世金石学家们终生难解的谜题。大禹的行动说明，文字不只是华夏文化的核心（对此，我将在下文中详细阐述），也是华夏政治的核心。美术史家巫鸿说："从一开始，立碑就一直是中国文化中纪念和标准化的主要方式。""碑定义了一种合法性的场域（legitimate site），在那里'共识的历史'（consensual history）被建构，并向公众呈现。"[3] 华夏词库里的很多词语，或许因此而生成，比如树碑立传，比如刻骨铭心。

[图1-3]

石鼓文册，战国，明拓
北京故宫博物院 藏

被大禹镌刻的这块石头，被称作《禹王碑》。人们发现它，是在南岳衡山七十二峰之岣嵝峰左侧的苍紫色石壁上，因此也有人把它称作《岣嵝碑》。这应该是中国最古老的铭刻，文字分九行，共七十七个字，甲骨文专家郭沫若钻研三年，也只认出三个字。唐朝时，复古运动领袖韩愈曾专赴衡山寻找此碑，却连碑的影子都没有见到，失望之余，写下一首诡秘的诗作——《岣嵝山禹王碑》。当然，对于这一神秘物体的来历，今天的历史学家们众说不一，但即使从唐朝算起，这块铭刻也足够久远了。

帝王们把各自的历史凝固在石头上，试图通过石头的"纪念碑性"（monumentality）来强化自身的威权。但我们不得不说，在对文字的运用上，秦始皇比大禹还要聪明，因为对他来说，文字不只是为了抵抗忘却，也是他操控现实政治的工具。秦始皇用标准化生产的方式炮制了长城和兵马俑，他当然对工具的意义了如指掌。他知道文字是文化的基本材料，只有把文字这件工具标准化，他才能真正驾驭帝国这台庞大的机器。因此，在夏禹那里，文字是死的；而在秦始皇手中，文字是活的，像他的臣民一样，对他唯命是从。

文字也是一个"国"。"中国"的"国"字，里面包含着一个"戈"字，后来变成"玉"，其实后者更能概括中国的性质。"玉"是什么？"玉"是文化。真正的"国"，却不是由武器，而是由文化构建的。

張宗禾世大曾玄仁和趙晉齋論金石刻謂石鼓文莊鞟有觴字存香是闕時搨

王薖

而中华文化的核心，正是文字。那时还没有法律意义上的国家观念，那时的"天下"，不只是地理的，也是心理的，或者说，是文化的，因为它从来没有一道明确和固定的边界。国的疆域，其实就是文化的疆域。秦始皇时代，小篆，就是这国家的界碑。

一个书写者，无论在关中，还是在岭南，也无论在江湖，还是在庙堂，自此都可以用一种相互认识的文字书写和交谈。秦代小篆，成为所有交谈者共同遵循的"普通话"。它跨越了山川旷野的间隔，缩短了人和人的距离，直至把所有人黏合在一起。文化是最强有力的黏合剂，小篆，则让帝国实现了无缝衔接，以至于今天，大秦帝国早已化作灰烟，但那共同体留了下来，比秦始皇修建的长城还要坚固，成为那个时代留给今天的最大遗产。

无论后人对秦始皇如何众说纷纭，他对"书同文，车同轨，行同伦"所做的贡献，却是毋庸置疑的。《岱史》称：

秦虽无道，其所立有绝人者，其文字、书法，世莫能及。

吕思勉先生在《中国政治史》里对秦始皇的评价，可以与《岱史》呼应：

秦始皇，向来都说他是暴君，把他的好处一笔抹杀了，其实这是冤枉的。看以上所述，他的政治实在是抱有一种伟大的理想的。这亦非他一人所为，大约是法家所定的政策，而他据以实行的。这只要看他用李斯为宰相，言听计从，焚诗书、废封建之议，都出于李斯而可知。[4]

三

从峄山下来，秦始皇又风尘仆仆地抵达了泰山，在泰山脚下，与儒生们讨论封禅大事。但他的这一创意并没有得到儒生们的响应，这批书生没有想到，他们的反对冒犯了秦始皇，也给自己埋下了祸根。但在当时，秦始皇还顾不上那么多，他像一个职业登山运动员那样，对高度表现出浓厚的兴趣。在泰山之巅，他又想起了李斯那双善于写字的手，命令他再度挥笔，著文刻石。

这就是著名的《泰山刻石》。李斯的原本，有一百四十四个字，基本上都是在歌颂秦始皇的丰功伟绩，但是这些文字，大部分已经在两千年的风雨中消失了，至于那块顽石，也早已抗不过风吹雨打、电闪雷劈，兀自在山顶风化崩裂、斑驳漫漶，到清嘉庆二十年（公元 1815 年），有人在玉女池底找出这块残石，已经断裂为二，仅存十字，到宣统时，有人修了亭子保护它，却又少了一个字，仅存九字。这九个字里，几乎蕴藏着那个时代的全部秘密。这块残石，现藏于山东泰安岱庙。

好在故宫博物院收藏着《泰山刻石》的明代拓片［图1-4］，上面保留的字，远不止九个。于是，我们可以清晰地读出如下字迹：

臣斯臣

去疾御

史大臣

昧死言

……

这些篆字，毛笔写字中锋用笔的迹象清晰可辨。从线条的圆润流畅、精细圆整来看，写字时，李斯内心笃定、呼吸均匀，唯有如此，笔毫行进时才不会有任何的波动和扭曲。

每次面对《泰山刻石》，哪怕只是拓本，我都会感到一种沉雄的力量感、巨大的肺活量，以及统辖一切的决心。它来自石头，来自刀刃，更来自毛笔。

这是一组多么奇特的组合——在我们的印象里，石头无疑是坚硬的，它的重量和肌理，让文字有了骨骼筋肉，有了英姿和威力，秦始皇因此选择石头作为刻字的新场所，以求他的

［图1-4］

《泰山刻石》拓片，秦，李斯（明拓）

北京故宫博物院 藏

文字如朝代一般永恒。但石头的坚硬比不上刀刃的锋利，是刀刃，划开石头坚硬的表层，深入到它的肌理深处，犹如一场博弈，一个攻、一个守，刀刃以其凌厉的进攻，破解了顽石的防守。而比刀刃更有力量的，却是看似柔弱无骨的毛笔。因此，我们把毛笔最远离束缚的尖端，叫作笔锋。笔锋笔锋，笔的刀锋。它虽是一管笔最毫末、最柔弱的部分，却也是它最锐利的锋刃——比石头更坚硬、比刀刃更锐利。笔锋切入竹简、纸张的角度，以及它自由的折转，孕育了中国书法的无穷变化。很多年中，刀刃一直都在模仿着笔锋的锐利，把它留贮在石头上。

刀刃最终战胜了石头，完成了毛笔的托付。看上去，刀刃是最后的胜者，但实际上，刻石上的文字并不是它独立完成的，它不过是这文字生产环节中的最后一环，是文字的最终实现者，但它的胜利始于毛笔，是毛笔决定了一切。

当然，一个书法家书写文字的时候，他是会想到石头的质感和刻工的手法的。他的书写，要给刻工充分的发挥空间，让他的刀刃在石头上闪展腾挪，甚至在他挥毫的时候，他脑子里想的不是墨的浓淡，而是石屑的飞扬。而一个刻工，也要对书写者的风格特点了如指掌，甚至于他本人就是书法家，只不过他的工具不是笔，而是刀。或者说，是书法家借用了他的手，笔借用了刀。

　　这决定了中国书法的一大特性，就是刀与笔的互渗。我们说一个人的书法具有金石感，就是从他的笔画间看到了刀刻的力度。笔锋的力量可以传递给刻刀，刻刀的力度也可以反馈给毛笔，让毛笔写出的文字，有了金石的力度。日本学者石川九杨说："若没有这些石刻的丰富表现力，书法的魅力就减少了一半。"[5]到清末，随着考古发掘不断取得成果，青铜和刻石的文字重新照亮中国人的视野，古老的篆书又成为书法艺术家追慕的对象，一直延续到今天，出现了以民国吴昌硕、新中国张仃为代表的篆书大师，使中国书法的开局与终局呈现出极强的对称性。

　　还有一点值得一提，就是书法原本属于二维世界，通过刻写，有了三维的立体感。哪怕一个盲人，他眼里的世界一片黑暗，也可以通过手触，来感受书法的神奇魅力。我记得20世纪六七十年代，有人把毛泽东的诗词草书（石川九杨说"毛泽东的书如断章残卷般孤傲"[6]）做成凸起的浮雕效果，在上面鎏金，让草书笔画的流动感立刻凸显，在阳光照射下，如金汁流淌，魔幻效果十足。

四

　　当然，石头会被磨蚀，不像秦始皇预想的那样万寿无疆。

意犹未尽的秦始皇不知是否会想到，石头也是不可靠的，因为石头与世界上的任何事物一样，都处在时间的统辖之下，都要经历岁月的腐蚀。清代金石学家叶昌炽曾经总结出导致石碑破坏的"七厄"，分别是：一，洪水和地震；二，以石碑为建筑材料；三，在碑铭上涂鸦；四，磨光碑面重刻；五，毁坏政敌之碑；六，为熟人和上级摹拓；七，士大夫和鉴赏家搜集拓片。"七厄"中，除了第一厄，其他皆是人为原因。

石上的文字被这"七厄"裹挟而去，变得漫漶不清，直至彻底消失。石头说，文字是会衰老、死亡的，总有一天，吾与汝皆亡。文字却说，我不想死，也不会死，真正永久的不是石头，也不是朝代，而是文字，千秋万代，永存不灭。

于是，拓片出场了，以弥补石头的过失。中国书法艺术史，从来都是一个疏而不漏的精密体系。拓片的出现，载满了文字的嘱托。巫鸿在《时空中的美术》一书中写道："沉重的石碑较之纸上的墨拓更为短命——这个事实似乎难以置信但千真万确。"[7] 由于一张旧拓可能比现存的碑刻更加清晰、更能体现碑刻的原貌，所以，一张旧拓往往更具有客观性，甚至足以"挑战实物的历史真实性和权威性"[8]。但拓片的出场很晚，因为拓印的主要材料是纸，纸虽在两千多年前（西汉初期）就已出现，但在 4 世纪（晋代）才取代简帛成为书写材料（书法史上有著名的"晋残纸"［图1-5］），在8世纪（唐代）才得以广泛使用。今天能够见到的最早拓本为唐拓，有柳公权《金刚经》《神策军碑》、欧阳询《化度寺故僧邕禅师舍利塔铭》等。犹如足球比赛下半场才出场的替补，拓本有一点儿亡羊补牢的意思，但好的替补队员可以有起死回生的功效。

真正永恒的，不是石头，而是李斯写下的文字。那些字，成为中国人的文化基因，两千年前，李斯把它注入时间中，变成造血干细胞，在时间中繁殖和壮大。时隔两千年，李斯当年蕴含在手腕间的力道，随时可以通过我眼前的拓本复原。那些字，在脱离石头之后仍然存活着。它们不像石头那样，企图对抗时间的意志，而是与时间达成了和解，甚至借助了时间的力量，通过不断的拓刻与摹写，在时间中传递（关于摹与拓的关系，下一章《永和九年的那场醉》还将详述）。正是这些不同时代的拓本，构成了对两千年前的那个经典性的瞬间的集体追述，让凝视着这拓本的我，有可能、也有勇气去触碰那只原本已经消失的手。

李斯可能是汉字书法史上第一位有名有姓地与作品流传下来的书法家。

秦始皇——这帝国里最高的王不会想到，为他打下手的李斯，成了中国书写艺术的发轫者之一。李斯缔造了一个新的世界，

正月廿四日淮白別陸表不在遠冰
常用歎想二旬恩知平安甚善
患蒙舌耳但願足下諸去乢亜不
聲為快也吾今日備軍曹主乢溝
會旅水復一可慘仲衡濟敦煌渥
不東西無歎雜乢不可三見意

[图 1-5]
《楼兰文书残纸》（局部），魏晋，苏德兴

第一章　　李斯的江山　　21

在那里，他才是至高无上的王。有了他，才有历朝历代的书法
艺术家，在那个世界里群雄逐鹿、驰骋纵横。

秦始皇更不会想到，他在石上刻字的举动，开启了中国人
独有的一种艺术形式，一种在方寸间完成的刻触美学——篆刻。
它是一种微观的刻石，却通向无限的宏观。黑白的书法，以绛
红色的印章点染，立刻生机无限。石屑飞扬间，诞生了无数的
大师，如文彭[9]、邓石如、吴昌硕、齐白石。

篆刻中，至少包含着三个"硬"件——石头、刻刀、篆书（小
篆），还隐藏着一个"软"件，就是毛笔（大部分篆刻家都是先
将篆字书写下来，反印在石头上，再进行雕刻）。因此，它是通
向古典的、通向历史的筋络血脉。岁月流转，篆刻始终陪伴着
我们。中国书法无论怎样变幻，都始终在向它的源头致敬。

五.

泰山刻石之后，秦始皇意犹未尽，将刻石这项行为艺术一
路延展。他一路走，一路刻；李斯这位高级打工仔也屁颠儿屁
颠儿地跟在后面，一路走，一路写。此后在琅琊台、碣石、会稽、
芝罘、东观，都留下了秦始皇"到此一游"的刻石。

这应当是中国历史上出现的首批刻字石。[10]

假若秦始皇知道他这番行动的结局，一定会大失所望。七

处刻石中，碣石一刻早已被大海吞没，在历代著录中都查不到踪迹；芝罘、东观二刻石也早已散佚；峄山刻前面提到，虽有拓本传到了今天，却也在岁月中转了几道手，摹了拓，拓了摹，早已不再是原拓；琅琊台刻石，为琅琊山的摩崖，是李斯小篆的杰作之一，可惜历经磨泐，几无完字；会稽山刻石，为秦始皇最后一刻，此石在南宋时尚在会稽山顶，但其字迹几乎全部损泐，后经辗转翻刻，书法已板滞无神，失去原刻风貌。到今天，能全面反映李斯小篆风貌者，除《泰山刻石》，再无他选了。

公元前 210 年，年近半百的秦始皇死在第五次东巡的路上。为了维护稳定，使帝国免于当年齐桓公死后诸公子你争我夺、齐桓公的尸体烂在床上无人过问的悲剧，丞相李斯、中车府令赵高一致决定，秘不发丧。酷热难当的七月，李斯下令用车载一石鲍鱼跟在秦始皇车驾的后面，让鲍鱼的臭味掩盖秦始皇的尸臭。但李斯没有想到，秘不发丧的举动，为赵高篡改秦始皇遗诏，赢得了时间。

那时，公子扶苏正在上郡[11]征战，秦始皇在遗诏里，命他将军事托付给蒙恬，星夜兼程赶回咸阳主持丧事，实际上等于确认了他继承者的身份。不幸的是，他永远不可能收到那份诏书了：赵高截断了它的去路，替换它的，是一份伪造的诏书。扶苏收到这份伪诏书时，两眼含泪，双手颤抖，因为那诏书上分明写着：立胡亥为帝，让他与蒙恬自裁而死。

这份伪造的诏书，是赵高游说李斯的成果。游说的理由是，假如扶苏上台，受重用的一定是蒙恬。一句话戳到老臣李斯的心窝子里，二人于是完成了一次心照不宣的合作。

在扶苏的血泊里，胡亥登上了权力之巅。

他所做的一切，都在模仿从前的皇帝。

即位的第二年(公元前 209 年)，他就像秦始皇一样开始东巡。泰山的刻石运动也有了续集，在秦始皇曾经刻下的一百四十四个字之后，秦二世胡亥又让李斯加写了七十八个字，使刻石字数增加到了二百二十二字。

六

胡亥果然是朵奇葩，他不仅大修阿房宫，在脂香粉艳、左拥右抱间，做他的迷魂春梦，还收集天下奇花异草、珍禽奇兽供自己玩乐，以致"咸阳三百里内不得食其谷"，一副玩物丧志的标准形象。但老臣李斯心里很痛，终于忍耐不住，上疏劝谏皇帝。当时，秦二世正忙着与宫女宴饮作乐，李斯的义正辞严显然让他非常不爽，一声令下，将李斯打入黑牢。

秦二世二年（公元前 208 年 ）七月，李斯被腰斩于咸阳。

之后，赵高还没有解恨，带人到上蔡[12]，抄了李斯的家，还挖地三尺，最深处竟达丈余。久而久之，这里就成了一片芦苇丛生的坑塘。后人为纪念李斯，将它称作"李斯坑"。

刀刃落下的一刹，不知李斯内心的感受如何。

他会怜惜自己的一手好字吗？

他的字，圆健似铁，外拙内巧，既具图案之美，又有飞翔灵动之势，让两千多年后，一个名叫鲁迅的写字人在书房里暗自叫好：

质而能壮，实汉晋碑铭所从出也。[13]

轻拭刀刃的刽子手们不会知道，在那鲜血喷薄的身体里，还蜷伏着另一副江山。

铁画银钩中，我看见一位长髯老者穿越两千年的孤独与忧伤。

第二章

永和九年的那场醉

那场短暂的酒醉，成就了一纸长达千年、淋漓酣畅的奇迹。

一

我到北京故宫博物院故宫学研究所上班的第一天，郑欣淼先生的博士徐婉玲说，午门上正办"兰亭特展"，相约一起去看。尽管我知道，王羲之的那份真迹，并没有出席这场盛大的展览，但这样的展览，得益于两岸故宫的合作，依旧不失为一场文化盛宴。那份真迹消失了，被一千六百多年的岁月隐匿起来，从此成了中国文人心头的一块病。我在展厅里看见的是后人的摹本，它们苦心孤诣地复原着它原初的形状。这些后人包括：虞世南、褚遂良、冯承素、米芾、陆继善、陈献章、赵孟頫、董其昌、八大山人、陈邦彦，甚至宋高宗赵构、清高宗乾隆……几乎书法史上所有重要的书法家都临摹过《兰亭序》[1]。南宋赵孟坚，曾携带一本兰亭刻帖过河，不想舟翻落水，救起后自题："性命可轻，《兰亭》至宝。"这份摹本，也从此有了一个生动的名字——"落水《兰亭》"。王羲之不会想到，他的书法，居然发起了一场浩浩荡荡的临摹和刻拓运动，贯穿了其后一千六百多年的漫长岁月。这些复制品，是治文人心病的药。

东晋穆帝永和九年（公元 353 年）的暮春三月初三，时任右将军、会稽内史的王羲之，伙同谢安、孙绰、支遁等朋友及子弟四十二人，在山阴兰亭举行了一次声势浩大的文人雅集，行"修禊"之礼，曲水流觞，饮酒赋诗。

魏晋名士尚酒，史上有名。刘伶曾说："天生刘伶，以酒为名；一饮一斛，五斗解酲。"[2] 阮籍饮酒，"蒸一肥豚，饮酒二斗。"[3]他们的酒量，都是以"斗"为单位的，那是豪饮，有点像后来水泊梁山上的人物。王羲之的酒量，我们不得而知，但天籁阁旧藏宋人画册中有一幅《羲之写照图》，图中的王羲之，横坐在一张台座式榻上，身旁有一酒桌，有酒童为他提壶斟酒，酒杯是小的，气氛也是雍容文雅的，不像刘伶的那种水浒英雄似的喝法。总之，兰亭雅集那天，酒酣耳热之际，王羲之提起一支鼠须笔，在蚕茧纸上一气呵成，写下一篇《兰亭序》，作为他们宴乐诗集的序言。那时的王羲之不会想到，这份一蹴而就的手稿，以后成为被代代中国人记诵的名篇，更为以后的中国书法提供了一个至高无上的坐标，后世的所有书家，只有翻过临摹《兰亭序》这座高山，才可能成就己身的事业。王羲之酒醒，看见这卷《兰亭序》，有几分惊艳、几分得意，也有几分寂寞，因为在以后的日子里,他将这卷《兰亭序》反复重写了数十乃至百遍,都达不到最初版本的水准,于是将这份原稿秘藏起来,成为家族的第一传家宝。

然而,在漫长的岁月中,一张纸究竟能走出多远?

一种说法是,《兰亭序》的真本传到王氏家族第七代孙智永的手上,由于智永无子,于是传给弟子辩才,后被唐太宗李世民派遣监察御史萧翼,以计策骗到手;还有一种说法,《兰亭序》的真本,以一种更加离奇的方式流传。唐太宗死后,它再度消失在历史的长夜里。后世的评论者说:"《兰亭序》真迹如同天边绚丽的晚霞,在人间短暂现身,随即消没于长久的黑夜。虽然士大夫家刻一石让它化身千万,但是山阴真面却也永久成谜。"

二

现在回想起来,中国文化史上不知有多少名篇巨制,都是这样率性为之的,比如苏东坡、辛弃疾开创所谓的豪放词风,并非有意为之,不过逞心而歌而已,说白了,是玩儿出来的。我记得黄裳先生曾经回忆,1947年时,他曾给沈从文寄去空白纸笺,请他写字,没想到这考究的纸笺竟令沈从文步履维艰,写出来的字如"墨冻蝇"。沈从文后来干脆又另写一幅寄给黄裳,写字笔是"起码价钱小绿颖笔",意思是最便宜的毛笔,纸也只是普通公文纸,在上面"胡画",却"转有妩媚处"。[4] 他还回忆,1975 年前后,沈从文又寄来一张字,用的是明拓帖扉页的衬纸写的,笔也只是七分钱的"学生笔",黄先生说他这幅字"旧时面目仍在,但平添了如许婉转的姿媚"。[5] 所以黄裳先生也说:"好文章、好诗……都是不经意作出来的。"[6]

文人最会玩儿的,首推魏晋,其次是五代。《文渊阁四库全书》中收有明代杨慎的《墨池璪录》,书中说:"书法惟风韵难及。虞书多粗糙,晋人书虽非名法之家,亦自奕奕有一种风流蕴藉之气,缘当时人物以清简相尚,虚旷为怀,修容发语,以韵相胜,落华散藻,自然可观。"[7] 两宋以后,文人渐渐变得认真起来,诗词文章,都做得规规矩矩,有"使命感"了。以今人比之,犹如莫言之《红高粱》,设若他先想到诺贝尔文学奖,鼓足干劲,力争上游,决心为国争光,那份汪洋恣肆、狂妄无忌,就断然做不出来了。

王羲之时代的文人原生态,尽载于《世说新语》。魏晋文人的好玩儿,从《世说新语》的字里行间透出来,所以我的博士研究生导师刘梦溪先生说,他时常将《世说新语》放在枕畔,没事时翻开一读,常哑然失笑。比如写钟会,他刚写完一本书,名叫《四本论》——别弄错了,不是《资本论》——想让嵇康指点,就把书稿揣在怀里，由于心里紧张，不敢拿给嵇康看，就在门外远远地把书稿扔进去，然后撒腿就跑。再比如吕安去嵇康家里看望这位好友，正巧嵇康不在家，吕安在门上写了一个"凤"字就走了，嵇康回来，看到"凤"字，心里很得意，以为是吕安夸自己，没想到吕安是在挖苦他，"凤"的意思，是说他不过一只"凡鸟"而已。曹雪芹在给王熙凤的判词中把"凤"字拆开，说"凡鸟偏从末世来"，不知是否受了《世说新语》的启发。

中国文化史上，正襟危坐的书多，像《世说新语》这样好玩儿的书，屈指可数。刘义庆寥寥数语，就把魏晋文人的形态活脱脱地展现出来了。刘义庆是南朝宋武帝刘裕的侄子、长沙景王刘道怜的公子，是皇亲国戚、高干子弟，同时是骨灰级的文学爱好者，《宋书》说他："招聚文学之士，近远必至。"他爱玩儿，所以他的书，就专捡好玩儿的事儿写。

《世说新语》写王羲之，最著名的还是那个"东床快婿"的典故：东晋太尉郗鉴有个女儿，名叫郗璇，年方二八，正值豆蔻年华，郗鉴爱如掌上明珠，要为她寻觅一位如意郎君。郗鉴觉得丞相王导家子弟甚多，都是品学兼优的三好学生，于是希望能从中找到理想人选。

一天早朝后，郗鉴把自己的想法告诉了丞相王导。王导慨然说："那好啊，我家里子弟很多，就由您到家里挑选吧，凡你

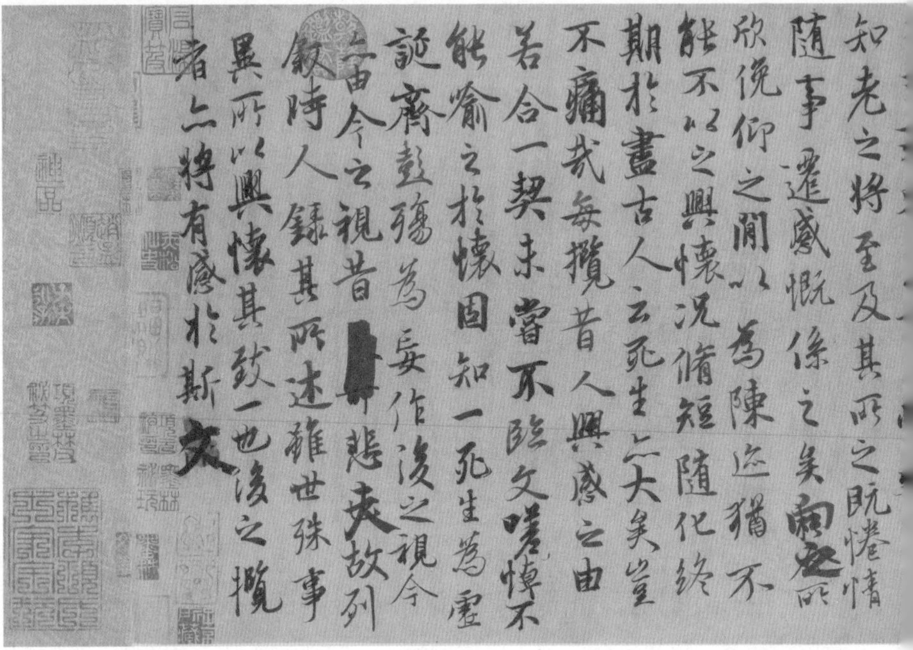

知老之將至及其所之既惓情
隨事遷感慨係之矣向之所
欣俛仰之間以為陳迹猶不
能不以之興懷況脩短隨化終
期於盡古人云死生亦大矣豈
不痛哉每攬昔人興感之由
若合一契未嘗不臨文嗟悼不
能喻之於懷固知一死生為虛
誕齊彭殤為妄作後之視今
亦由今之視昔悲夫故列
敘時人錄其所述雖世殊事
異所以興懷其致一也後之攬
宿文將有感於斯文

[图 2-1]

《兰亭集序》卷，东晋，王羲之（唐冯承素摹）

北京故宫博物院 藏

永和九年歲在癸丑暮春之初會
于會稽山陰之蘭亭脩稧事
也羣賢畢至少長咸集此地
有崇山峻領茂林脩竹又有清流激
湍暎帶左右引以為流觴曲水
列坐其次雖無絲竹管弦之
盛一觴一詠亦足以暢敘幽情
是日也天朗氣清惠風和暢仰
觀宇宙之大俯察品類之盛
所以遊目騁懷足以極視聽之
娛信可樂也夫人之相與俯仰
一世或取諸懷抱悟言一室之内

相中的，不管是谁，我都同意。"郗鉴就命管家，带上厚礼，来到王丞相的府邸。

王府的子弟听说郗太尉派人为自己的宝贝女儿挑选意中人，就个个精心打扮一番，"正襟危坐"起来，唯盼雀屏中选。只有一个年轻人，斜倚在东边床上，敞开衣襟，若无其事。这个人，正是王羲之。

王羲之是王导的侄子，他的两位伯父王导、王敦，分别为东晋宰相和镇东大将军，一文一武，共为东晋的开国功臣，而王羲之的父亲王旷，更是司马睿过江称晋王首创其议的人物，其家族势力的强大，由此可见。"旧时王谢堂前燕，飞入寻常百姓家"，循着唐代刘禹锡这首《乌衣巷》，我们轻而易举地找到了王导的住址——诗中的"王谢"，分别指东晋开国元勋王导和指挥淝水之战的谢安，他们的家，都在秦淮河南岸的乌衣巷。乌衣巷鼎盛繁华，是东晋豪门大族的高档住宅区。朱雀桥上曾有一座装饰着两只铜雀的重楼，就是谢安所建。

相亲那一天，王羲之看见了一座古碑，被它深深吸引住了。那是蔡邕的古碑。蔡邕是东汉著名学者、书法家、蔡文姬的父亲，汉献帝时曾拜左中郎将，故后人也称他"蔡中郎"。他的字，"骨气洞达，爽爽有神力"，被认为是"受于神人"，让王羲之痴迷不已。

　　王羲之对书法如此迷恋，自然与父亲的影响关系甚大。王羲之的父亲王旷，历官丹杨太守、淮南内史、淮南太守，善隶、行书。明陶宗仪《书史会要》卷三载："旷与卫氏，世为中表，故得蔡邕书法于卫夫人。"王羲之十二岁的时候，在父亲枕中发现《笔论》一书，便拿出来偷偷看。父亲问："你为什么要偷走我藏的东西？"羲之笑而不答。母曰："他是想了解你的笔法。"父亲看他年少，就说："等你长大成人，我会教你。"王羲之说："等到我成人了，就来不及了。"父亲听了大喜，就把《笔论》送给了他，不到一个月，他的书法水平就大有长进。

　　那天他看见蔡中郎碑，自然不会放过，几乎把相亲的事抛在脑后，突然想起来，才匆匆赶往乌衣巷里的相府，到时，已经浑身汗透，就索性脱去外衣，袒胸露腹，偃在东床上，一边饮茶，一边想那古碑。郗府管家见他出神的样子，不知所措。他们的目光对视了一下，却没有形成交流，因为谁也不知道对方在想什么。

　　管家回到郗府，对郗太尉做了如实的汇报："王府的年轻公子二十余人，听说郗府觅婿，都争先恐后，唯有东床上有位公子，袒腹躺着，一副漫不经心的样子。"管家以为第一轮遭到淘汰的就是这个不拘小节的年轻人，没想到郗鉴选中的人偏偏是王羲之。"东床快婿"由此成为美谈。而这样的美谈，也只能出在东晋。

王羲之的袒胸露腹，是一种别样的风雅，只有那个时代的人才体会得到，如今的岳父岳母们，恐怕万难认同。王羲之与郗璇的婚姻，得感谢老丈人郗鉴的眼力。王羲之的艺术成就，也得益于这段美好的婚姻。王羲之后来在《杂帖》中不无得意地写道：

吾有七儿一女，皆同生。婚娶已毕，唯一小者尚未婚耳。过此一婚，便得至彼。今内外孙有十六人，足慰目前。

他的七子依次是：玄之、凝之、涣之、肃之、徽之、操之、献之。这七个儿子，个个是书法家，宛如北斗七星，让东晋的夜空有了声色。其中凝之、涣之、肃之都参加过兰亭聚会，而徽之、献之的成就尤大。故宫"三希堂"，王羲之、王献之父子占了"两希"，其中我最爱的，是王献之的《中秋帖》，笔力浑厚通透，酣畅淋漓。但王献之的地位始终无法超越他的父亲王羲之，或许与唐太宗、宋高宗直到清高宗乾隆这些当权者对《兰亭序》的抬举有关。但无论怎样，如果当时郗鉴没有选中王羲之，中国的书法史就要改写。王羲之大抵不会想到，自己这一番放浪形骸，竟然有了书法史的意义，犹如他没有想到，自己酒醉后的一通涂鸦，竟然成就了书法史的绝唱。

三

一千六百多年后，我们依然能够呼吸到永和九年春天的明媚。三国时代，纵然有雄姿英发、羽扇纶巾的英雄，有乱石穿空、惊涛拍岸的浩荡，但总的来说，气氛仍是压抑的，充满了刀光剑影。"樯橹灰飞烟灭"，对于英雄豪杰，仿佛信手拈来的功业，对百姓，却是无以复加的灾难。继之而起的魏晋，则是一个"铁腕人物操纵、杀戮、废黜傀儡皇帝的禅代的时代"[8]。先是曹操"挟天子以令诸侯"，他的儿子曹丕篡夺汉室江山，建立魏国，继而魏的大权逐步旁落到司马氏手中，司马懿的儿子司马师和司马昭相继担任大将军，把持朝廷大权。曹髦见曹氏的权威日渐失去，司马昭又越来越专横，内心非常气愤，于是写了一首题为《潜龙》的诗。司马昭见到这首诗，勃然大怒，居然在殿上大声斥责曹髦，吓得曹髦浑身发抖，后来司马昭不耐烦了，干脆杀死了曹髦，立曹奂为帝，即魏元帝。曹奂完全听命于司马昭，不过是个傀儡皇帝。但即使是傀儡皇帝，司马氏也觉得碍事，司马昭死后，长子司马炎干脆逼曹奂退位，自己称帝。经过司马懿、司马昭和司马炎三代人的"努力"，终于夺权成功，建立了西晋。

西晋是一个偷来的王朝。这样一个不名誉的王朝，要借助铁腕来维系，那是一定的。所以司马氏的西晋，压抑得喘不过气来。当年曹操杀孔融，孔的两个儿子尚幼，一个九岁，一个八岁，曹操斩草除根，没有丝毫的犹豫，留下了"覆巢之下，焉有完卵"的成语。此时的司马氏，青出于蓝胜于蓝，杀人杀得手酸。"竹林七贤"过得潇洒，嵇康"弹琴咏诗，自足于怀"[9]，刘伶整日捧着酒罐子，放言"死便埋我"，也好玩，但那潇洒里却透着无尽的悲凉，不是幽默，是装疯卖傻，企图借此躲避司马家族的专政铁拳。最终，嵇康那颗美轮美奂的头颅，还是被一刀剁了去。

公元 290 年，晋武帝死，皇宫和诸王争夺权力，互相残杀，酿成"八王之乱"。对于当时的惨景，虞预曾上书道："千里无烟爨之气，华夏无冠带之人。自天地开辟，书籍所载，大乱之极，未有若兹者。"[10]永嘉五年（公元 311 年），匈奴攻陷洛阳、掳走晋怀帝，杀王公士民三万余人，这场乱，史称"永嘉之乱"。

20 世纪初楼兰遗址陆续出土了一些晋残纸，残纸中，有西晋永嘉元年（公元 307 年）和永嘉四年（公元 310 年）的年号，由于罗布泊地区气候干燥，这些晋代残纸虽经千载而纸墨如新，几乎是今人能够目睹的最早的纸墨文字。人们更多是从书法史的意义（由章草向今草过渡）上谈论这些残纸的价值，而忽略了这点画勾勒之间，藏着多少寻常人等的离合悲欢。透过风雨战乱报得一份平安，或许就是他们最微薄、也最强烈的愿望。

这些裹挟在大历史中的个人史，如旷野上粗粝的民歌，令人热血沸腾，却又风吹即散。其中一札，上面写着：

惟悲剥情……何痛！当奈何？憨念之……

让我想起王羲之《姨母帖》所写：

哀痛摧剥，情不自胜，奈何、奈何……

历史中的名人与无名人，他们的情感、用语，都何其相似！至于这些残纸是谁人所写，写给谁，我们已无从得知，写信人在残纸之外的命运，也已湮没无闻。人已无踪，残书犹在，这也是一种奇迹。它们被西方探险家挖出来，表明这些信札根本不曾寄出，一千七百多年后的我们，竟成了最终的收信人。

公元317年，皇帝司马邺被俘，西晋灭亡。王家的功业，恰是此时建立的，公元318年，王旷、王导、王敦等人推司马睿为皇帝，定都建康[11]，建立东晋。动荡的王朝在建康得到暂时的安顿，社会思想平静得多，各处都加入了佛教的思想。再至晋末，乱也看惯了，篡也看惯了，文章便更和平。与西晋相比，东晋士人不再崇尚形貌上的冲决礼度，而是礼度之内的娴雅从容。昏暗的油灯下，鲁迅恍惚看到了一个好的故事："这故事很美丽，幽雅，有趣。许多美的人和美的事，错综起来像一天云锦，而且万颗奔星似的飞动着，同时又展开去，以至于无穷。"这些美事包括：山阴道上的乌柏，新秋，野花，塔，伽蓝……

所以东晋时代的郊游、畅饮、酣歌、书写，都变得轻快起来，少了"建安七子""竹林七贤"的曲折，连呼吸吐纳都通畅许多。永和九年，暮春之初，不再有奔走流离，人们像风中的渣滓，即使飞到了天边，也终要一点一点地落定，随着这份沉落，人生和自然本来的色泽便会显露出来，花开花落、雁去雁来、雨丝风片、微雪轻寒，都牵起一缕情欲。那份欲念，被生死、被冻饿遮掩得太久了，只有在这清澈的山林水泽，才又被重新照亮。文化是什么？文化是超越吃喝拉撒之上的那丝欲念，那点渴望，那缕求索，是为灵魂准备的酒药和饭食。王羲之到了兰亭，才算是找到了真正的自己，或者说，就在王羲之仕途困顿之际，那份从容、淡定、逍遥，正在会稽山阴之兰亭，等待着他。

会稽山阴之兰亭，种兰的传统可以追溯到春秋时代，据说越王就曾在这里种兰，后人建亭以志，名曰兰亭。而修禊的风俗，则始于战国时代，传说秦昭王在三月初三置酒河曲，忽见一金人，自东而出，奉上水心之剑，口中念道："此剑令君制有西夏。"秦昭王以为是神明显灵，恭恭敬敬地接受了赐赠，此后，强秦果然横扫六合，一统天下。从此，每年三月三，人们都到水边被祭，或以香薰草蘸水，洒在身上，洗去尘埃，或曲水流觞，吟咏歌唱。所谓曲水流觞，就是在水边建一亭子，在基座上刻下弯弯曲曲的沟槽，把水流引进来，把酒杯斟酒，放到水上，让酒杯在水上浮动，到谁的面前，谁就要举起酒杯，趁着酒液熨过肺腑，吟诵出胸中的诗句。

东晋的酒具，今天在北京故宫博物院是见得到的。比如那件青釉鸡头壶，有一个鸡头状短流，圆腹平底，腹上壁有两桥形系，一弧形柄相接口沿和器身，便于提拿，通体青釉，点缀褐彩，有画龙点睛之妙。这种鸡头壶，始见于三国末期，历经魏晋南北朝，到唐代就消失了，被执壶取代。北京故宫博物院还有一件南朝时期的青釉羽觞，正是曲水流觞中的那只"觞"。它的外形小巧可爱，像一只小船，敏捷灵动，我们可以想象它在水中随波逐流的轻巧婉转，以及饮酒人将它高高擎起，袍袖被风吹动的那副神韵。

一件小小的文物，让魏晋的优雅、江左的风流具体化了，变得亲切可感，也让后世文人思慕不已，甚至大清的乾隆皇帝，也在紫禁城宁寿宫花园的一角，建了一座禊赏亭，企图通过复制曲水流觞的物理空间，体验东晋士人的风雅神韵。在他看来，假若少了这份神韵，这座宫殿纵然雕栏玉砌、钟鸣鼎食，也毫无品位。

或许得不到的永远是最好的，王羲之式的风雅，让后世许多帝王将相艳羡不已，纷纷效仿，与此相比，王羲之最向往的，却是拯救社稷苍生的功业。

与郗璇结婚三年后，王羲之就凭借庾亮等人的举荐，以及自己根红苗正的家世，官至会稽内史、右军将军——"王右军"之名由此而来。但官场的浑浊，容不下一个清风白袖的文人书生。官场上的王羲之，依旧像相亲时一样我行我素。他与谢安一同登上冶城，在谢安悠然远想的时候，他居然批评谢安崇尚虚谈，不务实际："今四郊多垒，宜人人自效，而虚谈费务，浮文妨要，恐非当今所宜。"[12] 还反对妄图通过北伐实现个人野心的桓温、殷浩："以区区吴越经纬天下十分之九，不亡何待？"《晋书》说他"以骨鲠称"[13]，还说他"雅性放诞，好声色"[14]。他入世，却不按官场的既定方针办，他不倒霉，谁倒霉呢？果然，王羲之被官场风暴，径直吹到会稽。

离开政治漩涡建康，让他既失落，又欣慰。他离自己的理想越来越远，却离自然越来越近。即使在病中，他还写下这样的诗句：

取观仁嘉乐，

寄畅山水阴。

清泠涧下濑，

历落松竹林。

　　和朋友们相约雅集的那一天，天朗气清，惠风和畅，桑葚的芬芳飘荡在泥土之上，阳光透过密密匝匝的竹林漏到溪水边，使弯曲的流水变成一条斑驳的花蛇。光线晶莹通透，饱含水汁。落花在风中出没，在光影中流畅地迂回，那份缠绵，看着让人心软。所有的刀光剑影都被隐去了，岁月被这缕阳光抹上一层淡金的光泽。唯有此时，人才能沉下来，呼应着自然的启发，想些更玄远的事情。"仰观宇宙之大，俯察品类之盛，所以游目骋怀，足以极视听之娱，信可乐也。"从这文字里，我们看到王羲之焦灼的表情终于松弛下来。我们看见了他的侧脸，被蝉翼般细腻和透明的阳光包围着，那样的柔和。他忽然间沉默了，他的沉默里有一种长久的力量。

　　在那一刻，谢安、孙绰、谢万、庾蕴、孙统、郗昙、许询、支遁、李充、袁峤之、徐丰之一干人等，正忙着饮酒和赋诗，他们吟出的诗句，也大抵与眼前的景象相关。其中，谢安诗云：

　　相与欣佳节，

率尔同襄裳。

薄云罗物景，

微风扇轻航。

醇醪陶元府，

兀若游羲唐。

万殊混一象，

安复觉彭殇。

孙绰诗云：

流风拂枉渚，

停云荫九皋。

婴羽吟修竹，

游鳞戏澜涛。

携笔落云藻，

微言剖纤毫。

时珍岂不甘，

忘味在闻韶。

他们或许并不知道，望着眼前的灿烂美景，王羲之在想些关于短暂与永久的话题，也快乐，也忧伤。

儒家学说有一个最薄弱、最柔软的地方，就是它过于关注处理现实社会问题，协调人的关系，而缺少宇宙哲学的形而上思考。它所建构的家国伦理把一代代的中国士人推进官场，却缺少提供对于存在问题的深刻解答。这一缺失，直到宋明理学时代才得到弥补。而在宋明理学产生之前数百年，被权力者边缘化了的知识分子，就已经开始了这种本原性的思考，中国的哲学史，就在这权力的缝隙间获得了生长的空间，为后来理学的诞生奠定了基础。

在宦海中沉浮的王羲之，内心始终缺了一角，此时，面对天地自然，面对更加深邃的时空，他对生命有了超越功利的思考，他心灵中缺失的一角，仿佛得到了弥补，那份快乐自不必说，对于渡尽劫波的王羲之来说，这份快乐，他自会在内心里妥帖收藏；而他的忧伤，则是缘于这份"乐"，来得快，去得也快。因为人的生命，犹如这暮春里的落花，无论怎样灿烂，转眼之间，就会消逝得无影无踪。

花朵还有重新开放的时候，仿佛一场永无止境的轮回，在春风又起的时候，接续它们的前世。所以那花，是值得羡慕的。但是，每当春蚕贪婪地吸吮桑叶上黏稠甜美的汁液，开始一段即将启程的路途，眼前这些活生生的人们，可能都已不在人世了。

只有那崇山峻岭，茂林修竹，清流激湍，映带左右，千古不会变化。

王羲之特立独行，对什么都可以不在乎，包括官场的进退、得失、荣辱。但有一个问题他却不能不在乎，那就是死亡。死亡是对生命最大的限制，它使生命变成一种暂时的现象，像一滴露、一朵花。它用黑暗的手斩断了每个人的去路。在这个限制面前，王羲之潇洒不起来。魏晋名士的潇洒，也未必是真的潇洒，是麻醉、逃避，甚至失态。在这个问题上，他们并不见得比王羲之想得深入。

所以，当参加聚会的人们准备为那一天吟诵的三十七首诗汇集成一册《兰亭集》，推荐主人王羲之为之作序时，王羲之趁着酒兴，用鼠须笔和蚕茧纸一气呵成《兰亭序》。全文如下：

> 永和九年，岁在癸丑，暮春之初，会于会稽山阴之兰亭，修禊事也。群贤毕至，少长咸集。此地有崇山峻岭，茂林修竹；又有清流激湍，映带左右，引以为流觞曲水，列坐其次。虽无丝竹管弦之盛，一觞一咏，亦足以畅叙幽情。是日也，天朗气清，惠风和畅，仰观宇宙之大，俯察品类之盛，所以游目骋怀，足以极视听之娱，信可乐也。夫人之相与，俯仰一世。或取诸怀抱，晤言一室之内；或因寄

所托，放浪形骸之外。虽趣舍万殊，静躁不同，当其欣于所遇，暂得于己，快然自足，不知老之将至。及其所之既倦，情随事迁，感慨系之矣。向之所欣，俯仰之间，已为陈迹，犹不能不以之兴怀。况修短随化，终期于尽。古人云："死生亦大矣。"岂不痛哉！每览昔人兴感之由，若合一契，未尝不临文嗟悼，不能喻之于怀。固知一死生为虚诞，齐彭殇为妄作。后之视今，亦犹今之视昔。悲夫！故列叙时人，录其所述，虽世殊事异，所以兴怀，其致一也。后之览者，亦将有感于斯文。

文字开始时还是明媚的，是被阳光和山风洗濯的通透，是呼朋唤友、无事一身轻的轻松。但写着写着，调子却陡然一变，文字变得沉痛起来，真是一个醉酒忘情之人，笑着笑着，就失声痛哭起来。那是因为对生命的追问到了深处，便是悲观。这种悲观，不再是对社稷江山的忧患，而是一种与生俱来、又无法摆脱的孤独。《兰亭序》寥寥三百二十四字，却把一个东晋文人的复杂心境一层一层地剥给我们看。于是，乐成了悲，美丽成了凄凉。实际上，庄严繁华的背后，是永远的凄凉。打动人心的，是美，更是这份凄凉。

四

　　由此可以想见，唐太宗之喜爱《兰亭序》，一方面因其在书法史的演变中，创造了一种俊逸、雄健、流美的新行书体，代表了那个时代中国书法的最高水平。赵孟頫称《兰亭》是"新体之祖"，认为"右军手势，古法一变，其雄秀之气出于天然，故古今以为师法"。欧阳询《用笔论》说："至于尽妙穷神，作范垂代，腾芳飞誉，冠绝古今，唯右军王逸少一个而已。"《文渊阁四库全书》中收录的明代项穆的《书法雅言》说："古今论书，独推两晋。然晋人风气，疏宕不羁，右军多优，体裁独妙，书不入晋，固非上流，法不宗王，拒称逸品。"[15]另一方面因为其文字精湛，天、地、人水乳交融，《古文观止》只收录了六篇魏晋六朝文章，《兰亭序》就是其中之一。但主要还是因为它写出了这份绝美背后的凄凉。我想起扬之水评价生于会稽的元代词人王沂孙的话，在此也颇为适用："他有本领写出一种凄艳的美丽，他更有本领写出这美丽的消亡。这才是生命的本质，这才是令人长久感动的命运的无常。它小到每一个生命的个体，它大到由无数生命个体组成的大千世界。他又能用委曲、沉郁的思笔，把感伤与凄凉雕琢得玲珑剔透。他影响于读者的有时竟不是同样的感伤，而是对感伤的欣赏。因为他把悲哀美化了，变成了艺术。"[16]

唐太宗李世民是一个迷恋权力的人，玄武门之变，他是踩着哥哥李建城的尸首当上皇帝的，但他知道，所有的权力，所有的荣华，所有的功业，都不过是过眼云烟，他真正的对手，不是现实中的哪一个人，而是死亡，是时间，如海德格尔所说："死亡是此在本身向来不得不承担下来的存在可能性""作为这种可能性，死亡是一种与众不同的悬临。"[17]艾玛纽埃尔·勒维纳斯则说："死亡是行为的停止，是具有表达性的运动的停止，是被具有表达性的运动所包裹、被它们所掩盖的生理学运动或进程的停止。"[18]他把死亡归结为停止，但在我看来，死亡不仅仅是停止，它的本质是终结，是否定，是虚无。

虚无令唐太宗不寒而栗，死亡将使他失去他业已得到的一切，《兰亭序》写道："况修短随化，终期于尽。古人云：'死生亦大矣。'岂不痛哉！"这句一定令他怵然心惊。他看到了美丽之后的凄凉，会有一种绝望攫取他的心，于是他想抓住点什么。

他给取经归来的玄奘以隆重的礼遇，又资助玄奘的译经事业，从而为中国的佛学提供了一个新的起点，我们无法判断唐太宗的行为中有多少信仰的成分，但可以见证他为抗衡人生的虚无所做的一份努力，以大悲咒对抗人生的悲哀和死亡的咒语。他痴迷于《兰亭序》，王羲之书法的淋漓挥洒自然是一个不可小觑的因素，但更重要的原因却在于它道出了人生的大悲慨，触及他最敏感的那根神经，就是存在与虚无的问题。在这一诘问面前，帝王像所有人一样不能逃脱，甚至于，地位愈高、功绩愈大，这一诘问，就愈发紧追不舍。

从这个意义上说，《兰亭序》之于唐太宗，就不仅仅是一幅书法作品，而成为一个对话者。这样的对话者，他在朝廷上是找不到的。所以，他只能将自己的情感，寄托在这张字纸上。它墨迹尚浓、酒气未散，甚至于永和九年暮春之初的阳光味道还弥留在上面，所有这一切的信息，似乎让唐太宗隔着两百多年的时空，听得到王羲之的窃窃私语。王羲之的悲伤，与他悲伤中疾徐有致的笔调，引发了唐太宗，以及所有后来者无比复杂的情感。

一方面，唐太宗宁愿把它当作一种"正在进行时"，也就是说，每当唐太宗面对《兰亭序》的时候，都仿佛面对一个心灵的"现场"，让他置身于永和九年的时光中。东晋文人的洒脱与放浪，就在他的身边发生，他伸手就能够触摸到他们的臂膀。

另一方面，它又是"过去时"的，它不再是"现场"，它只是"指示"（denote）了过去，而不是"再现"（represent）了过去，这张纸从王羲之手里传递到唐太宗的手里，时间已经过去了两百多年，它所承载的时光已经消逝，而他手里的这张纸，只不过是时光的残渣、一个关于"往昔"的抽象剪影、一种纸质的"遗址"。甚至不难发现，王羲之笔画的流动，与时间之河的流动有着相同的韵律，不知是时间带走了他，还是他带走了时间。此时，唐太宗已不是参与者，而只是观看者，在守望中，与转瞬即逝的时间之流对峙着。

《兰亭序》是一个"矛盾体"（paradox），而人本身，不正是这样的"矛盾体"吗？对人来说，死亡与新生、绝望与希望、出世与入世、迷失与顿悟，在生命中不是同时发生，就是交替出现。总之它们相互为伴，像连体婴儿一样难解难分，不离不弃。

当然，这份思古幽情，并非唐太宗独有，任何一个面对《兰亭序》的人，都难免有感而发。但唐太宗不同的是，他能动用手里的权力，巧取豪夺，派遣监察御史萧翼，从辩才和尚手里骗得了《兰亭序》的真迹，从此"置之座侧，朝夕观览"[19]。唐代何延之《兰亭记》详细记载了这一过程。[20]

他还命令当朝著名书法家临摹，分赐给皇太子和大公大臣。唐太宗时代的书法家们有幸，目睹过《兰亭序》的真迹，这份真迹也不再仅仅是王氏后人的私家收藏，而第一次进入了公共阅读的视野。

这样的复制，使王羲之的《兰亭序》第一次在世间"发表"。只不过那时的印制设备，是书法家们用以描摹的笔。唐太宗对它的巧取豪夺，是王羲之的不幸，也是王羲之的大幸。而那些

永和九年歲
一寸會稽山陰

临摹之作，也终于跨过了一千多年的时光，出现在故宫午门的展览中。其中，我们目前能够看到的最早的摹本是虞世南的摹本，以白麻纸张书写，笔画多有明显勾笔、填凑、描补痕迹；最精美的摹本，是冯承素摹本 [图2-1]，卷首因有唐中宗"神龙"年号半玺印，而被称为"神龙本"，此本准确地再现了王羲之遒媚多姿、神清骨秀的书法风神，将许多"破锋" [21]、"断笔" [22]、"贼毫" [23] 等，都摹写得生动细致，一丝不苟。

千年之后，被称为"元四家"的大画家倪瓒在题王羲之《七月帖》时写下这样的话：

> 右军书在唐以前未有定论，观太宗力辨萧子云之书，可以知当时好□之所在矣。自后，士大夫心始厌服，历千百年无有异者。而右军之书，谓非太宗鉴定之力乎？……[24]

而王羲之《兰亭序》的真迹，据说则被唐太宗带到了坟墓里。或许，这是他在人世间最后的不舍。临死前，他对儿子李治说："吾欲从汝求一物，汝诚孝也，岂能违吾心也？汝意如何？"他对儿子最后的要求，就是让儿子在他死后，将真本《兰亭序》殉葬在他的陵墓里。李治答应了他的要求，从此"茧纸藏昭陵，千载不复见"。

癸丑暮春之初

蘭亭脩禊

會稽山陰之

或许，这张茧纸，为他平添了几许面对死亡的勇气，为死后那个黑暗世界，博得几许光彩。或许在那一刻，他知道了自己在虚无中想抓住的东西是什么——唯有永恒的美，能够使他从生命的有限性中突围，从死亡带来的巨大幻灭感解脱出来。赫伯特·曼纽什说："一切艺术基本上也是对'死亡'这一现实的否定。事实证明，最伟大的艺术恰恰是那些对'死'之现实说出一个否定性的'不'字的艺术。"[25]

唐太宗以他惊世骇俗的自私，把王羲之《兰亭序》的真迹带走了，令后世文人陷入永久的叹息而不能自拔。它仿佛在人们视野里出现又消失的流星，仿佛一场风花雪月又转眼成空的爱情，令人缅怀、又无法证明。

它是一个传说、一缕伤痛、一种想象，朝朝暮暮朝朝，模糊而清晰地存在着。慢慢地，它终又变成一个无法被接受的现实、一场走遍天涯路也不愿醒来的大梦，于是各种新的传说应运而生。有人说，唐太宗的昭陵后来被一个"盗墓狂"盗了，这个人，就是五代后梁时期统辖关中的节度使温韬。《新五代史》记载，温韬曾亲自沿着墓道潜进昭陵墓室，从石床上的石函中，取走了王羲之《兰亭序》。据说，那时的《兰亭序》，笔迹还像新的一样。宋人所著《江南余载》证实了这一点，说：昭陵墓室"两厢皆置石榻，有金匣五，藏钟王墨迹，《兰亭》亦在其中。嗣是散落人间，不知归于何所"。

如果这些史料所记是真，那么，《兰亭序》在唐太宗死后，又死而复生，继续着它在人间的旅程。在宋人《画墁集》中，我们又能查到它新的行踪：在宋神宗元丰末年，有人从浙江带着《兰亭序》的真本进京，准备用它在宋神宗那里换个官职，没想到半路听闻宋神宗驾崩的消息，就干脆在途中把它卖掉了。这是我们今天能够打探到的关于真本《兰亭序》的最后的消息，它的时间，定格在公元 1085 年。

五

但人们依然想把它"追"回来，他们发明了一种新的方式去"追"，那就是临摹。

临，是临写；摹，则是双勾填墨的复制方法。与临本相比，摹本更加接近原帖，但对技术的要求极高。唐太宗时期，冯承素、赵模、诸葛贞、韩道政、汤普彻等人都曾用双勾填墨的方法对《兰亭序》进行摹写，而欧阳询、虞世南、褚遂良、刘秦妹等则都是临写。宋高宗赵构将《兰亭序》钦定为行书之宗，并通过反复临摹、分赐子臣的方式加以倡导，使对《兰亭序》摹本的收藏成为风气，元明清几乎所有重要的书法家，包括赵孟頫、俞和临，明代祝允明、文徵明、董其昌，清代陈邦彦等，都前赴后继，加入到浩浩荡荡的临摹阵营中，使这场临摹运动旷日持久地延续下去。他们密密麻麻在站在一起，仿佛依次传递着一则古老的寓言。

他们不像唐朝书法家那样幸运，已经看不到《兰亭序》的真迹，他们的临摹，是对摹本的临摹，是对复制品的复制，他们以这样的方式，完成对《兰亭序》的重述。

但这并非机械的重复，而是在复制中，渗透进自己的风格和时代的审美趣味，这些仿作，见证了"一切历史都是当代史"这一真理。于是有了陈献章行书《兰亭序》卷、八大山人行书《临河叙》轴这些杰出的作品。清末翁同龢在团扇上书写赵孟頫《兰亭十三跋》中一段跋语，虽小字行书，亦得沉着苍健之势；无独有偶，他的政治对手李鸿章，也酷爱《兰亭序》，年过七旬，依旧"不论冬夏，五点钟即起，有家藏一宋拓兰亭，每晨必临摹一百字，其临本从不示人"[26]。

于是，《兰亭序》借用了一代又一代人的手，反反复复地进行着表达。王羲之的《兰亭序》，像一个人一样，经历着成长、蜕变、新陈代谢的过程。在不同的时代，呈现出不同的形状。这些作品，许多为北京故宫博物院收藏，许多亦在午门的"兰亭特展"上一一呈现。它们与我近在咫尺，艺术史上那些大家的名字，突然间密密匝匝地排在一起，让我屏住呼吸，不敢大声出气，而面前的玻璃幕墙，又以冰冷的语言告诉我，它们身份尊贵，不得靠近。

这时我突然想到一个问题——历代文人，为什么对一片字纸如此情有独钟，以至于前赴后继地参与到一项重复的工作中？写字，本是一种实用手段，在中国，却成为一种独特的视觉艺术——西方人也讲究文字之美，尤其在古老的羊皮书上，西方字母总是极尽修饰之能事，但他们的书法，与中国人相比，实在是简陋得很，至于日本书法，则完全是从中国学的。世界上没有一种文化，像中国这样陷入深深的文字崇拜。这种崇拜，通过对《兰亭序》的反复摹写、复制，表现得无以复加。

公元 6 世纪的一天，一个名叫周兴嗣的员外散骑侍郎突然接到梁武帝的一道圣旨，要他从王羲之书法中选取一千个字，编纂成文，供皇子们学书之用，要求是这一千个字不可重复。这一要求看上去并不苛刻，实际上难度极高。

周兴嗣煞费苦心，终于完成了领导交给他的光荣任务，美中不足，是全篇有一个字重复，就是"洁"字（洁、絜为同义异体字）。因此，此篇《千字文》实际上只收选了王羲之书写的九百九十九个字。但不论怎样，中国历史上有了第一篇《千字文》。从此开始，每代人开蒙之际，都会读到这样的文字："天地玄黄，宇宙洪荒。日月盈昃，辰宿列张。寒来暑往，秋收冬藏……"

朗朗的诵读之声，一直延续到 20 世纪中叶，在十四个世纪里从未中断。于是，每个人在学习知识的起始阶段，都会与那个遥远的王羲之相遇，王羲之的字，也成为每一代中国人的必修课，贯注到中国人的生命记忆和知识体系中。古老的墨汁，在时光中像酒一样发酵，最终变成血液，供养着每个生命个体的成长。后来，千字文又不断变形，仿佛延续着一项古老的文字游戏，出现了《续千字文》《叙古千字文》《新千字文》等不同版本。

中国人把自己对文字的这种崇拜，毫无保留地寄托到王羲之的身上。原因是文字在中国文化中占有绝对的中心地位，它的地位，比图像更加重要，也可以说，文字本身就是图像，因为汉字本身就是在象形的基础上创造出来的。李泽厚说："汉字书法的美也确乎建立在从象形基础上演化出来的线条章法和形体结构之上，即在它们的曲直适宜，纵横合度，结体自如，布局完满。"[27]

中国人把对世界、对生命的全部认识都容纳到自己的文字中，黑白二色，犹如阴阳二极，穷尽了线条的所有变化，而线条飞动交会时的婉转错让，也容纳了宇宙的云雨变幻、人生的聚散离合。即使在宗教的世界，文字的权威也显露无遗，比如佛教史上重要的北京房山石经山雷音洞，并不像一般佛教洞窟

永和九年歲

于會

也群賢畢至少

有峻領茂

暮

第山

領茂

那样，在洞壁上进行彩绘，而是以文字代替图像，在洞壁上镶嵌了大量的刊刻佛经，秘密恰在于文字是中国文化的核心。密密麻麻的文字，以中文讲述着来自印度的佛教经典，这种以文字代替图像的做法，也被视为"佛教中国化的另一种方式"[28]。

　　除了摹本，《兰亭序》还以刻本、拓本的形式复制、流传。刻本通常是刻在木板或石材上，而将它们捶拓在纸上，就叫拓本［图 2-2］。仅北京故宫博物院收藏的《兰亭序》刻本，数量超过三百，刻印时间从宋代一直延续到清代，源远流长，仅"定武兰亭"［图 2-3］系统，就分成：日本东京国立博物馆藏"吴炳本""孤独本"，北京故宫博物院藏"落水兰亭""春草堂本"，台北故宫博物院藏"定武兰亭真拓本"等。支脉繁多，令人眼花缭乱。

　　画家也是不甘寂寞的，他们不愿意在这场追怀古风的运动中落伍。于是，一纸画幅，成了他们寄托岁月忧思的场阈。仅《萧翼赚兰亭图》，就有多件流传至今，其中有台北故宫博物院藏南唐巨然《萧翼赚兰亭图》卷、辽宁省博物馆藏宋人《萧翼赚兰亭图》卷、北京故宫博物院藏宋人《萧翼赚兰亭图》卷［图 2-4］、北京故宫博物院藏明人《萧翼赚兰亭图》轴。四幅不同朝代的同题作品，在午门的"兰亭大展"上完美合璧。此外，还可看到宋代梁楷的《右军书扇图》卷［图 2-5］、明代文徵明《兰亭修

昔　　悲夫故列

其所述雖世殊事

懷其致一也後之覽

有感於斯文

《禊图》卷［图2-6］等画作，不断对这一经典瞬间进行回溯和重放，各自在视觉空间中挽留属于东晋的诗意空间。还有更多的兰亭画作没有流传到今天。比如，宋徽宗命令编撰的、记录宫廷藏画的《宣和画谱》中，就记录了颜德谦的《萧翼取兰亭图》卷，"风格特异，可证前说，但流落未见"[29]。

画家的参与，使中国的书法史与绘画史交相辉映。这至少表明照搬西方的学科分类对中国艺术进行分科，是不科学的，因为中国书法和绘画，是那么紧密地缠绕在一起，像骨肉筋血，再精密的手术刀也难以将它们真正切割。

《兰亭序》的辐射力并没有到此为止。在北京故宫博物院的藏品中，除了兰亭墨迹、法帖、绘画外，还有一些宫殿器物，延续着对兰亭雅集的重述。它们有一部分是御用实用器物，如御用笔、墨、砚等；也有一部分是陈设性和纯装饰性器物，如明代漆器、瓷器等。有关兰亭的神话，就这样一步步升级，并渗透到宫廷的日常生活中。

北京故宫博物院所藏御用实物器物中，清乾隆款剔红曲水流觞图盒堪称精美绝伦。此盒为蔗段式，子母口，平底，通体髹红漆，盒内及外底髹黑漆，盖面雕《曲水流觞图》，盖面边沿雕连续回纹，盖壁和盒壁均刻六角形锦纹，盖内中央刀刻填金楷书"流觞宝盒"器名款，外底中央刀刻填金楷书"大清乾隆

[图 2-4]

《萧翼赚兰亭图》卷（局部），南宋，佚名

北京故宫博物院 藏

年制"款。

清代宫廷版的兰亭器物也很多，文房用品中，有一件乾隆时期的竹管兰亭真赏紫毫笔，笔管上刻有蓝色"兰亭真赏"四字阴文楷书，笔管逐渐微敛。以兰亭为主题的墨、砚也很多。兰亭的精气神，就这样通过笔墨，流传千年。

这些文房用具中，我最喜欢的，是那件清小松款竹雕云鹤图笔筒，此筒为圆体，筒壁很薄，镶木口，口稍稍外倾，筒身上以细腻的镂雕和浅浮雕方式，刻画出王羲之坐在榻上、凝神写字时的形象。他的身旁，有一位侍女捧茶侍立，还有一位鹑衣妇人提插扇竹器，在一旁静候。背面雕着池水，有两只鹅在水中游弋，一小童在池边洗砚，还有一小童正在扇火烹茶，一缕一缕的烟气在升腾，白鹤在云烟里飞舞出没。湖石上有两个阴刻篆书"小松"，盘旋在笔筒的外壁上。雕刻中的人物分为三组，或相携而行，或亭榭聚谈，或临水饮酒，样貌生动无比。笔筒全身的雕刻繁复精密，镂空处琢磨细腻光润，极富立体效果。尤其随着视角的变化，各场景相互勾连，巧妙错落，使画面有如梦境一般变化无穷。

除了上述实物器物，还有一些装饰性器物，如兰亭玉册、兰亭如意、玉山子、插屏、漆宝盒等。这些器物，大多是螺蛳壳里做道场，于细微中见精深。比如那件青玉兰亭修禊山子（即玉石雕刻），雕刻的人物众多，形态各异，最宽处却只有 31.5 厘米；而那件雕刻了《兰亭序》全文的乾隆款碧玉兰亭记双面插屏，也只有 18 厘米。它们不是以宏大来征服人，而是以小来震撼人。

《兰亭序》，一页古老的纸张，就这样形成了一条漫长的链条，在岁月的长河中环环相扣，从未脱节。在后世文人、艺术家的参与下，《兰亭序》早已不再是一件孤立的作品，而成为一个艺术体系，支撑起古典中国的艺术版图，也支撑着中国人的艺术精神。它让我们意识到，中国传统文化是一个强大的有机体，有着超强的生长能力，而中国的朝代江山，又给艺术的生长提供了天然土壤。

在这样一个漫长的链条上，摹本、刻本、拓本（除了法书之外，上述画作也大多有刻本和拓本传世），都被编入一个紧密相连的互动结构中。白纸黑字的纸本，与黑纸白字的拓本的关系，犹如昼与夜、阴与阳，互相推动、互相派生和滋长，轮转不已，永无止境。中国的文字和图像，就这样在不同的材质之间辗转翻飞，摇曳生姿。如老子所说"一生二，二生三，三生万物"[30]，周而复始，衍生不息。

中文的动词没有时态的变化，那是因为在中国人的精神结构里，时间的概念是模糊不清的；过去、现代、未来的关系，有如流水，很难被斩断；所有的过去，都可能在现实中翻版，

［图 2-5］

《右军书扇图》卷，南宋，梁楷（传）

北京故宫博物院 藏

豈是會稽是
戴山姚枸竹
扁為書畫玉初
荒五字生慢
色不孝重来
嘆破額
甲午仲夏

而所有的现实，也将无一例外地成为未来的模板。

西方人则不同，他们对于时态的变化非常敏感。对他们来说，过去是过去，现在是现在，将来是将来，它们是性质不同的事物，各自为政，不能混淆、替代。在他们那里，时间是一个科学的概念，它是线性的，一去不回头，而对于中国人来说，时间则更像一个哲学的概念。

于是，中国人在循环中找到了对抗死亡的力量，因为所有流逝的生命和记忆都在循环中得以再生。《兰亭序》的流传过程，与中国人的时间观和生命观完全同构——每一次死亡，都只不过是新一轮生命的开始。

对中国人来说，时间一方面是单向流动的，如孔子所说"逝者如斯夫，不舍昼夜"；另一方面，又是循环往复的，它像水一样流走，但在流杯渠中，那些流走的水还会流回来。因此，面对生命的流逝，中国人既有文学意义上的深切感受，又能从过

去与未来的二元对立中解脱出来，获得哲学意义上的升华超越。

"思笔双绝"的王沂孙曾写："把酒花前，剩拼醉了，醒来还醉。"一场醉，实际上就是一次临时死亡，或者说，是一次死亡的预演。而醉酒后的真正快乐，则来源于酒后的苏醒，宛若再生，让人体会到来世的滋味。也就是说，在死亡之后，生命能够重新降临在我们身上。

面对着这些接力似的摹本，我们已无法辨识究竟哪一张更接近它原初的形迹，但这已经不重要了。永和九年暮春之初的那个晴日，就这样在历史的长河中被放大了。它容纳了一千多年的风雨岁月，变得浩荡无边，一代又一代的艺术家把个人的生命投入进去，转眼就没了踪影。但那条河仍在，带着酒香，流淌到我的面前。

艺术是一种醉，不是麻醉，而是能让死者重新醒来的那种醉。这一点，已经通过《兰亭序》的死亡与重生，得到清晰的印证。

觀宇宙之大俯察品類之盛
所以遊目騁懷足以極視聽之
娛信可樂也夫人之相與俯仰
一世或取諸懷抱悟言一室之內
或因寄所託放浪形骸之外雖
趣舍萬殊靜躁不同當其欣

永和九年歲在癸丑暮春之初會

于會稽山陰之蘭亭脩稧事

也羣賢畢至少長咸集此地

有^{崇山}山峻領茂林脩竹又有清流激

湍暎帶左右引以為流觴曲水

列坐其次雖無絲竹管弦之

在这个世界上，还找不出一个人能够真正地断送《兰亭序》在人间的旅程。王羲之或许不会想到，正是他对良辰美景的流连与哀悼，对生命流逝、死亡降临的愁绪，使一纸《兰亭序》从时间的囚禁中逃亡，获得了自由和永生。而所有浩荡无边的岁月，又被压缩、压缩，变得只有一张纸那么大，那么的轻盈灵动。

它们的轻，像蝉的透明翅膀，可以被一缕风吹得很远。但中国人的文化与生命，就是在这份轻灵中获得了自由，不像西方，以巨大的石质建筑，宣示与自然的分庭抗礼。

中国文化一开始也是重的，依托于巨大的青铜器和纪念碑式的建筑（比如长城），通过外在的宏观控制人们的视线，文字也附着在青铜礼器之上，通过物质的不朽实现自身的不朽，文字因此拥有了神一般的地位。最早的语言——铭文，也借助于器物，与权力紧紧地结合在一起。

纸的发明改变了这一切，它使文字摆脱了权力的控制，与每个人的生命相吻合，书写也变成均等的权力。自从纸张发明的那一天，它就取代了青铜与石头，成为文字最主要的载体，汉字的优美形体，在纸页上自由地伸展腾挪。在纸页上，中国文字不再带有刀凿斧刻的硬度，而是与水相结合，拥有了无限舒展的柔韧性，成了真正的活物，像水一样，自由、潇洒和率性。它放开了手脚，可舞蹈、可奔走，也可以生儿育女。它们血脉相承的族谱，像一株枝桠纵横的大树，清晰如画。

当一场展览将这十几个世纪里的字画卷轴排列在一起，我们才能感觉到文字水滴石穿一般的强大力量。纸张可以腐烂、可以被焚毁，但那些消失的字，却可以出现在另一张纸上，依此类推，一步步完成跨越千年的长旅。文字比纸活得久，它以临摹、刻拓的方式，从死亡的控制下胜利大逃亡。仅从物质性上讲，纸的坚固度远远比不上青铜，但它使复制和流传变得容易，文字也因为纸的这种属性而获得了真正意义上的永恒。当那些纪念碑式的建筑化作了废墟，它们仍在。它们以自己的轻，战胜了不可一世的重。

"繁华短促，自然永存；宫殿废墟，江山长在。"[31] 那一缕愁思、一抹柔情，都凝聚在上面，在瞬间中化作了永恒。一幅字，以中国人的语法，破解了关于时间和死亡的哲学之谜。

六

王羲之死了，但他的字还活着，层层推动，像一支船桨，让其后的中国艺术有了生生不息的动力，又似一朵浪花，最终奔涌成一条波澜壮阔的大河。那场短暂的酒醉，成就了一纸长达千年、淋漓酣畅的奇迹。《兰亭序》不是一幅静态的作品、一件旧时代的遗物，而是一幅动态的作品，世世代代的艺术家都在上面留下了自己的生命印迹。如果说时间是流水，那么这一连串的《兰亭》就像曲水流觞，酒杯流到谁的面前，谁就要端起这只杯盏，用古老的韵脚抒情。而那新的抒情者，不过是又一个王羲之而已。死去的王羲之，就这样在以后的朝代里，不断地复活。

由此我产生了一个奇特的想象——有无数个王羲之坐在流杯亭里，王羲之的身前、身后、身左、身右，都是王羲之。酒杯也从一个王羲之的手中，辗转到另一个王羲之的手中。上一个王羲之把酒杯递给了下一个王羲之，也把毛笔，传递给下一个王羲之。这不是醉话，也不是幻觉，既然《兰亭序》可以被复制，王羲之为何不能被复制？王羲之身后那些接踵而来的临摹者，难道不是死而复生的王羲之？大大小小的王羲之、长相不同的王羲之、来路各异的王羲之，就这样在时间深处济济一堂。很多年后，我来到会稽山阴之兰亭，迎风坐在那里，一扭身，就看见了王羲之，他笑着，把一支笔递过来。这篇文章，就是用这支笔写成的。

第三章

纸上的李白

往。

一张纸，承担起我们对于李白的所有向

写诗的理由完全消失

这时我写诗

——顾城

一

很多年中，我都想写李白，写他唯一存世的书法真迹《上阳台帖》[图3-1]。

我去了西安，没有遇见李白，也没有看见长安。

长安与我，隔着岁月的荒凉。

岁月篡改了大地上的事物。

我无法确认，他曾经存在。

二

在中国，没有一个诗人像李白的诗句那样，成为每个人生

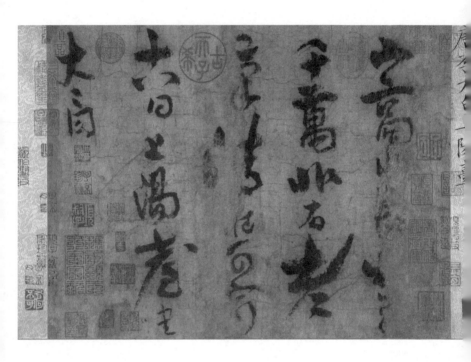

[图 3-1]

《上阳台帖》卷，唐，李白

北京故宫博物院 藏

命记忆的一部分。"举头望明月，低头思故乡""长安一片月，万户捣衣声""黄河之水天上来，奔流到海不复回""两岸猿声啼不住，轻舟已过万重山"。中国人只要会说话，就会念他的诗，尽管念诗者，未必懂得他埋藏在诗句里的深意。

李白是"全民诗人"，是真正意义上的"人民艺术家"，忧国忧民的杜甫反而得不到这个待遇，善走群众路线的白居易也不是，他们是属于文学界、属于知识分子的，唯有李白，他的粉丝旷古绝今。

李白是唯一，其他都是之一。

他和他以后的时代里，没有报纸杂志，没有电视网络，他的诗，却在每个中国人的耳头心头长驱直入，全凭声音和血肉之躯传递，像传递我们民族的精神密码。中国人与其他东亚人种外观很像，精神世界却有天壤之别，一个重要的边界，是他们的心里没有住着李白。当我们念出李白的诗句时，他们没有反应；他们搞不明白，为什么中国人抬头看见月亮，低头就会想到自己的家乡。所以我同意历史学家许倬云先生的话："（古代的）'中国'并不是没有边界，只是边界不在地理，而在文化。"[1] 李白的诗，是中国人的精神护照，是中国人天生自带的身份证明。

李白，是我们的遗传基因、血液细胞。

李白的诗，是明月，也是故乡。

没有李白的中国，还能叫中国吗？

三

然而李白，毕竟已经走远，他是作为诗句，而不是作为肉体存在的。他的诗句越是真切，他的肉体就越是模糊。他的存在，表面具象，实际上抽象。即使我站在他的脚印之上，对他，我仍然看不见，摸不着。

谁能证实这个人真的存在过？

不错，新旧唐书，都有李白的传记；南宋梁楷，画过《李白行吟图》[图3-2]——或许因为画家自己天性狂放,常饮酒自乐,人送外号"梁风子"，所以他勾画出的是一个洒脱放达的诗仙形象，把李白疏放不羁的个性、边吟边行的姿态描绘得入木三分。但《旧唐书》，是五代后晋刘昫等撰，《新唐书》，是北宋欧阳修等撰；梁楷，更比李白晚了近五个世纪。相比于今人，他们距李白更近，但与我一样，他们都没见过李白，仅凭这一点，就把他们的时间优势化为无形。

只有那幅字是例外。那幅纸本草书的书法作品《上阳台帖》，上面的每一个字，都是李白写上去的。[2] 它的笔画回转，通过一支毛笔，与李白的身体相连，透过笔势的流转、墨迹的浓淡，我们几乎看得见他的手腕的抖动，听得见他呼吸的节奏。

四

这张纸，只因李白在上面写过字，就不再是一张普通的纸。尽管没有这张纸，就没有李白的字，但没有李白的字，它就是一片垃圾，像大地上的一片枯叶，结局只能是腐烂和消失。那些字，让它的每一寸、每一厘，都变得异常珍贵，先后被宋徽宗、贾似道、乾隆、张伯驹、毛泽东收留、抚摸、注视，最后被毛泽东转给北京故宫博物院永久收藏。

从这个意义上说，李白的书法，是法术，可以点纸成金。

李白的字，到宋代还能找出几张。北宋《墨庄漫录》载，润州苏氏家，就藏有李白《天马歌》真迹，宋徽宗也收藏有李白的两幅行书作品《太华峰》和《乘兴帖》，还有三幅草书作品《岁时文》《咏酒诗》《醉中帖》，对此，《宣和书谱》里有记载。到南宋，《乘兴帖》也漂流到贾似道手里。

只是到了如今，李白存世的墨稿，除了《上阳台帖》，全世界找不出第二张。问它值多少钱，那是对它的羞辱，再多的人民币，在它面前也是一堆废纸，丑陋不堪。李白墨迹之少，与他诗歌的传播之广，反差到了极致。但幸亏有这幅字，让我们穿过那些灿烂的诗句，找到了作家本人。好像有了这张纸，李白的存在就有了依据，我们不仅可以与他对视，甚至可以与他交谈。

一张纸，承担起我们对于李白的所有向往。

我不知该谴责时光吝啬，还是该感谢它的慷慨。

终有一张纸，带我们跨过时间的深渊，看见李白。

所以，站在它面前的那一瞬间，我外表镇定，内心狂舞，顷刻间与它坠入爱河。我想，九百年前，当宋徽宗赵佶成为它的拥有者，他心里的感受应该就是我此刻的感受，他附在帖后的跋文可以证明。《上阳台帖》卷后，宋徽宗用他著名的瘦金体写下这样的文字［图3-3］：

> 太白尝作行书，乘兴踏月，西入酒家，不觉人物两忘，身在世外一帖，字画飘逸，豪气雄健，乃知白不特以诗鸣也。

根据宋徽宗的说法，李白的字，"字画飘逸，豪气雄健"，与他的诗歌一样，"身在世外"，随意中出天趣，气象不输任何一位书法大家。黄庭坚也说"今其行草殊不减古人"[3]，只不过他诗名太盛，掩盖了他的书法知名度，所以宋徽宗见了这张帖，才发现了自己的无知，原来李白的名声，并不仅仅从诗歌中取得。

五

那字迹，一看就属于大唐李白。

太白嘗作行書
酒家不覺人物
一帖字畫飄逸

[图 3-3]
上阳台帖》卷（题跋），北宋，赵佶
北京故宫博物院 藏

第三章　　　纸上的李白　　　87

它有法度，那法度是属于大唐的，庄严、敦厚，饱满、圆健，让我想起唐代佛教造像的浑厚与雍容，唐代碑刻的力度与从容。这当然来源于秦碑、汉简积淀下来的中原美学。唐代的律诗、楷书，都有它的法度在，不能乱来，它是大唐艺术的基座，是不能背弃的原则。

然而，在这样的法度中，大唐的艺术，却不失自由与浩荡，不像隋代艺术，那么的拘谨收压，而是在规矩中见活泼，收束中见辽阔。

这与北魏这些朝代做的铺垫关系极大。年少时学历史，最不愿关注的就是那些小朝代，比如隋唐之前的魏晋南北朝，两宋之前的五代十国，像一团麻，迷乱纷呈，永远也理不清。自西晋至隋唐的近三百年空隙里，中国就没有被统一过，一直存在着两个以上的政权，多的时候，甚至有十来个政权。但是在中华文明的链条上，这些小朝代却完成了关键性的过渡，就像两种不同的色块之间，有着过渡色衔接，色调的变化，就有了逻辑性。在粗朴凝重的汉朝之后，之所以形成缛丽灿烂、开朗放达的大唐美学，正是因为它在三百年的离乱中，融入了草原文明的活泼和力量。

我们喜欢的花木兰，其实是北魏人，也就是鲜卑人，是少数民族。她的故事，出自北魏的民谣《木兰诗》。这首民谣，是以公元 391 年北魏征调大军出征柔然的史实为背景而作的。其中提到的"可汗",指的是北魏道武帝拓跋珪。"万里赴戎机,关山度若飞。朔气传金柝,寒光照铁衣。"这首诗里硬朗的线条感、明亮的视觉感、悦耳的音律感,都是属于北方的。但在记忆里,我们从来不曾把木兰当作"外族",这就表明我们并没有把鲜卑人当成外人。

这支有花木兰参加的鲜卑军队,通过连绵的战争,先后消灭了北方的割据政权,统一了黄河流域,占据了中原,与南朝的宋、齐、梁政权南北对峙,成为代表北方政权的"北朝"。从西晋灭亡,到鲜卑建立北魏之前的这段乱世,被历史学家们称为"五胡乱华"。

"五胡"的概念是《晋书》中最早提出的,指匈奴、鲜卑、羯、羌、氐等在东汉末到晋朝时期迁徙到中国的五个少数民族。历史学家普遍认为,"五胡乱华"是大汉民族的一场灾难,几近亡种灭族。但从艺术史的角度上看,"五胡乱华"则促成了文明史上一次罕见的大合唱,在黄河、长江文明中的精致绮丽、细润绵密中,吹进了"天苍苍,野茫茫,风吹草低见牛羊"的旷野之风,李白的诗里,也有无数的乐府、民歌。蒋勋说:"这一长达三百多年的'五胡乱华',意外地,却为中国美术带来了新的震撼与兴奋。"[4]

到了唐代，曾经的悲惨和痛苦，都由负面价值神奇地转化成了正面价值，成为锻造大唐文化性格的大熔炉。就像每个人一样，在成长历程中，都会经历痛苦，而所有的痛苦，如果没有将这个人摧毁，最终都将使这个人走向生命的成熟与开阔。

北魏不仅在音韵歌谣上，为唐诗的浩大明亮预留了空间，在书法上也为后代的变革做足了准备。北魏书法刚硬明朗、灿烂昂扬的气质，至今留在当年的碑刻上，形成了自秦代以后中国书法史上的刻石书法的第二次高峰。我们今天所说的"魏碑"，就是指北魏碑刻。

在故宫，收藏着许多魏碑拓片，其中大部分是明拓，著名的，有《张猛龙碑》。此碑是魏碑中的上乘，整体方劲，章法天成。康有为也喜欢它，说它"结构精绝，变化无端"，"为正体变态之宗"。也就是说，正体字（楷书）的端庄，已拘不住它奔跑的脚步。在这些连筋带肉、筋骨强健、血肉饱满的字迹的滋养下，唐代书法已经呼之欲出了。难怪康有为说："南北朝之碑，无体不备，唐人名家，皆从此出……"[5]

假若没有北方草原文明的介入，中华文明就不会完成如此重要的聚变，大唐文明就不会迸射出如此亮丽的光焰，中华文明也不会按照后来的样子发展，一点点地发酵成李白的《上阳台帖》。

或许因为大唐皇室本身就具有鲜卑血统，唐朝没有像秦汉那样，用一条长城与"北方蛮族"划清界限，而是包容四海、共存共荣，于是，唐朝人的心理空间，一下子放开了，也淡定了，曾经的黑色记忆，变成簪花仕女的香浓美艳，变成佛陀的慈祥悲悯。于是，唐诗里，有了"前不见古人，后不见来者"的苍茫视野，有了《春江花月夜》的浩大宁静。

唐诗给我们带来的最大震撼，就是它的时空超越感。

这样的时空超越感，在此前的艺术中也不是没有出现过，比如曹操面对大海时的心理独白，比如王羲之在兰亭畅饮、融天地于一体的那份通透感，但在魏晋之际，他们只是个别的存在，不像大唐，潮流汹涌，一下子把一个朝代的诗人全部裹挟进去。魏晋固然出了很多英雄豪杰、很多名士怪才，但总的来讲，他们的内心是幽暗曲折的，唯有唐朝，呈现出空前浩大的时代气象，似乎每一个人，都有勇气独自面对无穷的时空。

有的时候，是人大于时代，魏晋就是这样。到了大唐，人和时代，彼此成就。

六

李白的出生地，我没有去过，却很想去。吉尔吉斯斯坦北部城市托克马克，我想，这座雪水滋养、风物宜人的优美小城，大唐帝国的绝代风华想必早已风流云散，如今一定变成一座中亚与俄罗斯风格混搭的城市。但是，早在汉武帝时期，这里就已纳入汉朝的版图，公元7世纪，它的名字变成了碎叶，与龟兹、疏勒、于阗并称大唐王朝的安西四镇，在西部流沙中彼此勾连呼应。那块神异之地，不仅有吴钩霜雪、银鞍照马，还有星辰入梦。那星，是长庚星，也叫太白金星，今天叫启明星，是天空中最亮的星星，亮度足以抵得上十五颗天狼星。这颗星，古希腊人和古罗马人分别用爱与美的女神阿佛洛狄忒和维纳斯的名字来命名。梦，是李白母亲的梦。《新唐书》说："白之生，母梦长庚星，因以命之"[6]。就是说，李白的名字，得之于他的母亲在生他时梦见太白星。因此，当李白一入长安，贺知章在长安紫极宫一见到这位文学青年，立刻惊为天人，大呼："子，谪仙人也！"[7]原来李白正是太白星下凡。

李白在武则天统治的大唐帝国里长到五岁。五岁那一年，武则天去世，唐中宗复位，李白随父从碎叶到蜀中，二十年后离家，独自仗剑远行，一步步走成我们熟悉的那个李白，那时的唐朝，已经进入了唐玄宗时代。在那个交通不发达的年代，仅李白的行程，就是值得惊叹的。由此我们可以理解李白诗歌里的纵深感。他会写"明月出天山，苍茫云海间"，也会写"兰陵美酒郁金香，玉碗盛来琥珀光"。假如他是导演，很难有一个摄影师,能跟上他焦距的变化。那种渗透在视觉与知觉里的辽阔,我曾经从俄罗斯文学中——从托尔斯泰、屠格涅夫、陀思妥耶夫斯基的作品里领略过,所以别尔嘉耶夫声称,"俄罗斯是神选的"[8]。但他们都扎堆于 19 世纪,而至少在一千多年前,这种浩大的心理空间就在中国的文学中存在了。

我记得那一次去楼兰,从巴音布鲁克向南,一路穿越塔克拉玛干沙漠时,我发现自己变得那么微小,在天地间,微不足道,我的视线,也从来不曾像这样辽远。想起一位朋友说过:"你就感到世界多么广大深微,风中有无数秘密的、神奇的消息在暗自流传,在人与物与天之间,什么事是曾经发生的? 什么事是我们知道的或不知道的? "[9]

虽然杜甫也是一生漂泊,但李白就是从千里霜雪、万里长风中脱胎出来的,所以他的生命里,有龟兹舞、西凉乐的奔放,也有关山月、阳关雪的苍茫。他不像杜甫那样,执着于一时一事。他不会因"茅屋为秋风所破"而感到忧伤,不是因为他的生命中没有困顿,而是对他来说,那些事都太小,不足以挂在心上、写进诗里。

李白是浪漫的、顽皮的,时代捉弄他,他却可以对时代使个鬼脸。

所以,明代江盈科《雪涛诗评》里说:"李青莲是快活人,当其得意，无一语一字不是高华气象。……杜少陵是固穷之士，平生无大得意事，中间兵戈乱离，饥寒老病，皆其实历，而所阅苦楚，都于诗中写出，故读少陵诗，即当得少陵年谱看。"[10]

李白也有倒霉的时候，饭都吃不上了，于是写下"余亦不火食，游梁同在陈"。骆驼死了架子不倒，都沦落到这步田地了，他还嘴硬，把自己当成在陈蔡绝粮、七天吃不上饭的孔子，与圣人平起平坐。

他人生的最低谷，应该是流放夜郎了，但他的诗里找不见类似"茅屋为秋风所破"这样的郁闷，他的《早发白帝城》，我们从小就会背，却很少有人知道，这首诗就是在他流放夜郎的途中写的：

朝辞白帝彩云间，

千里江陵一日还。

两岸猿声啼不住，

轻舟已过万重山。

那一年，李白已经五十八岁。

白帝彩云、江陵千里，给他带来的仿佛不是流放边疆的困厄，而是顺风扬帆、瞬息千里的畅快。当然，这与他遇赦有关，但总的来说，三峡七百里，路程惊心动魄，让人放松不下来。不信，我们可以看看郦道元在《水经注》里的描述：

> 自三峡七百里中，两岸连山，略无阙处。……有时朝发白帝，暮到江陵，其间千二百里，虽乘奔御风，不以疾也。……每至晴初霜旦，林寒涧肃，常有高猿长啸，属引凄异，空谷传响，哀转久绝。故渔者歌曰："巴东三峡巫峡长，猿鸣三声泪沾裳！"[11]

郦道元的三峡，阴森险怪，一旦遭遇李白，就立刻像舞台上的布景，被所有的灯光照亮，连恐怖的猿鸣声，都是如音乐般，悦耳清澈。

这首诗，也被学界视为唐诗七绝的压卷之作。

七

李白并不是没心没肺，那个繁花似锦的朝代背后的困顿、饥饿、愤怒、寒冷，在李白的诗里都找得到，比如《蜀道难》和《行路难》，他写怨妇，首首都是写他自己：

> 箫声咽，

秦娥梦断秦楼月，

秦楼月，

年年柳色，

灞陵伤别。

乐游原上清秋节，

咸阳古道音尘绝。

音尘绝，

西风残照，

汉家陵阙。

李白的诗，我最偏爱这一首《忆秦娥》。那么的凄清悲怆，那么的深沉幽远。全诗的魂，在一个"咽"字。当代词人毛泽东是爱李白的，而毛泽东的词中，我最喜欢的，是《忆秦娥·娄山关》：

西风烈，

长空雁叫霜晨月。

霜晨月，

马蹄声碎，

喇叭声咽。

雄关漫道真如铁，
而今迈步从头越。
从头越，
苍山如海，
残阳如血。

　　毛泽东的《忆秦娥》，看得见李白《忆秦娥》的影子。词中同样出现一个"咽"字，也是该词最传神的一个字，不知是巧合，还是在向他心仪的诗人李白致敬。

　　只是李白不会被这样的伤感吞没，他目光沉静，道路远长，像《上阳台帖》里所写"山高水长，物象千万"［图 3-4］，一时一事，困不住他。

　　他内心的尺度，是以千里、万年为单位的。

　　他写风，不是"八月秋高风怒号，卷我屋上三重茅"。小小的"三重茅"，不入他的法眼。他写风，是"长风万里送秋雁，对此可以酣高楼"，是"黄河捧土尚可塞，北风雨雪恨难裁"。

　　杜甫的精神，只有一个层次，那就是忧国忧民，是意志坚定的儒家信徒。李白的精神是混杂的、不纯的，里面有儒家、

今

萬

山右

道家、墨家、纵横家，等等。什么都有，像《上阳台帖》所写，"物象千万"。

我曾在《永和九年的那场醉》里写过，儒家学说有一个最薄弱、最柔软的地方，就是它过于关注处理现实社会问题，发展成为一整套严谨的社会政治学，却缺少提供对于存在问题的深刻解答。然而，道家学说早已填补了儒学的这一缺失，把精神引向自然宇宙，形成一套当时儒家还没有充分发展的人格——心灵哲学，让人"从种种具体的、繁杂的、现实的从而是有限的、局部的'末'事中超脱出来，以达到和把握那整体的、无限的、抽象的本体"[12]。

儒与道，一现实一高远，彼此映衬、补充，让我们的文明生生不息，左右逢源。但儒道互补，出现在一个人身上，就不多见了。李白就是这样的浓缩精品。

所以，当官场试图封堵他的生存空间，他一转身，就进入了一个更大的空间。

八

河南人杜甫，思维注定属于中原，终究脱不开农耕伦理。《三吏》《三别》，他关注家、田园、社稷、苍生，也深沉、也伟大；但李白是从欧亚大陆的腹地走过来的，他的视野里永远是"明月出天山，苍茫云海间"，是"山随平野尽，江入大荒流"，明净、高远。他有家——诗、酒、马背，就是他的家。所以他的诗句，充满了意外——他就像一个浪迹天涯的牧民，生命中总有无数的意外，等待着与他相逢。

他的个性里，掺杂着游牧民族歌舞的华丽、酣畅、任性，找得见五胡、北魏。

而卓越的艺术，无不产生于这种任性。

李白精神世界里的纷杂，更接近唐朝的本质，把许多元素、许多成色搅拌在一起，绽放成明媚而灿烂的唐三彩。

这个朝代，有玄奘万里独行，写成《大唐西域记》；有段成式，"生当残阳如血的晚唐"[13]，行万里路，将所有的仙佛人鬼、怪闻异事汇集成一册奇书——《酉阳杂俎》。

在李白身边，活跃着大画家吴道子、大书法家颜真卿、大雕塑家杨惠之。

而李白，又是大唐世界里最不安分的一个。

也只有唐代，能够成全李白。

假若身处明代，杜甫会死，而且死得很难看，而李白会疯。

张炜说："'李白'和'唐朝'可以互为标签——唐朝的李白，李白的唐朝；而杜甫似乎可以属于任何时代。"[14]

我说，把杜甫放进理学兴盛的宋明，更加合适。他会成为官场的"清流",或者干脆成为东林党。

杜甫的忧伤是具体的,也是可以被解决的——假如遇上一个重视文化的领导,前往草堂送温暖,带上慰问金,杜甫的生活困境就会迎刃而解。

李白的忧伤却是形而上的,是哲学性的,是关乎人的本体存在的,是"人如何才能不被外在环境、条件、制度、观念等所决定、所控制、所支配、所影响,即人的'自由'问题"[15],是无法被具体的政策、措施解决的。

他努力舍弃人的社会性,来保持人的自然性,"与宇宙同构才能是真正的人"[16]。

这个过程,也必有煎熬和痛苦,还有孤独如影随形。在一个比曹操《观沧海》、比王羲之《兰亭序》更加深远宏大的时空体系内,一个人空对日月、醉月迷花,内心怎能不升起一种无着无落的孤独?

李白的忧伤,来自"花间一壶酒,独酌无相亲。举杯邀明月,对影成三人"。

李白的孤独,是大孤独;他的悲伤,也是大悲伤,是"大道如青天,我独不得出",是"白发三千丈,缘愁似个长",是"高堂明镜悲白发,朝如青丝暮成雪"。

那悲,是没有眼泪的。

九

李白的名声，许多来自他第二次去长安时，皇帝降辇步迎，以七宝床赐食，御手调羹，此后"置于金銮殿，出入翰林中"[17]这段非凡的经历。这记载来自唐代李阳冰的《草堂集序》。李阳冰是李白的族叔，也是唐朝著名的文学家和书法家，有同时代见证者在，我想李阳冰也不敢太忽悠吧。

李白的天性是喜欢吹牛的，或者说，那不叫吹牛，而叫狂。吹牛是夸大，而至少在李白看来，不是他自己虚张声势，而是他确实身手了得。比如在那篇写给韩朝宗的"求职信"《与韩荆州书》里，他就声言自己："十五好剑术，遍干诸侯。三十成文章，历抵卿相。虽长不满七尺，而心雄万夫。"假如韩朝宗不信，他欢迎考查，口气依旧是大的："请日试万言，倚马可待。"[18]

李白的朋友，也曾帮助李白吹嘘，人们常说的"天子呼来不上船，自称臣是酒中仙"，就是杜甫《饮中八仙歌》中的句子，至于"天子呼来不上船"这事是否真的发生过，已经没有人追问了。

但杜甫的忽悠产生了非同寻常的历史影响，明代画家万邦治绘有《醉饮图》卷（广东省博物馆藏），完全根据杜甫《饮中八仙歌》诗意而作，画出了八位饮者坐在流泉旁、林荫下畅饮之态，是万邦治的传世佳本。

其实，当皇帝的旨意到来时，李白有点找不着北，他写："仰天大笑出门去，我辈岂是蓬蒿人。"［图 3-5］等于告诫人们，不要狗眼看人低，拿窝头不当干粮。

李白的到来，确是给唐玄宗带来过兴奋的。这两位艺术造诣深厚的唐代美男子，的确容易一拍即合，彼此激赏。唐玄宗看见李白"神气高朗，轩轩若霞举"［19］，一时间看傻了眼。李白写《出师诏》，醉得不成样子，却一挥而就，思逸神飞，浑然天成，无须修改，唐玄宗都想必在内心里叫好。所以，当兴庆宫里、沉香亭畔，牡丹花盛开，唐玄宗与杨贵妃在深夜里赏花，这良辰美景，独少了几曲新歌，唐玄宗幽幽叹道："赏名花，对妃子，焉用旧乐辞焉！"［20］于是让李龟年拿着金花笺，急召李白进园，即兴填写新辞。那时的李白，照例是宿醉未解，却挥洒笔墨，文不加点，一蹴而就，文学史上于是有了著名的《清平调》：

> 云想衣裳花想容，
>
> 春风拂槛露华浓。
>
> 若非群玉山头见，
>
> 会向瑶台月下逢。

一枝红艳露凝香，

云雨巫山枉断肠。

借问汉宫谁得似，

可怜飞燕倚新妆。

名花倾国两相欢，

长得君王带笑看。

解释春风无限恨，

沉香亭北倚槛杆。[21]

　　李白说自己"日试万言，倚马可待"，看来不是吹牛。没有在韩朝宗面前证明自己，却在唐玄宗面前证明了。

　　园林的最深处，贵妃微醉，翩然起舞，玄宗吹笛伴奏，那新歌，又是出自李白的手笔。这样的豪华阵容，中国历史上再也排不出来了吧。

　　这三人或许都不会想到，后来安史乱起、生灵涂炭，此情此景，终将成为"绝唱"。

　　曲终人散，李白被赶走了，唐玄宗逃跑了，杨贵妃死了。

　　说到底，唐玄宗无论多么欣赏李白，也只是将他当作文艺

[图 3-5]
《李白藏云图》轴（局部），明，崔子忠
北京故宫博物院 藏

人才看待的。假如唐朝有文联、有作协，唐玄宗一定会让李白做主席，但他丝毫没有让李白做宰相的打算。李白那副醉生梦死的架势，在唐玄宗李隆基眼里，也是烂泥扶不上墙，给他一个供奉翰林的虚衔，已经算是照顾他了。对于这样的照顾，李白却一点儿也不买账，他甚至连出版文集的打算也没有。他的诗，都是任性而为，写了就扔，连保留都不想保留，所以，在安徽当涂，李白咽气前，李阳冰从李白的手里接过他交付的手稿时，大发感慨道："当时著述，十丧其九，今所存者，皆得之他人焉。"[22] 也就是说，我们今天读到的李白诗篇，只是他一生创作的十分之一。

李白的理想，是学范蠡、张良，去匡扶天下，完成他"安社稷、济苍生"的平生功业，然后功成身退，如他诗中所写"事了拂衣去，深藏身与名"，但这充其量只是唐传奇里虬髯客式的江湖侠客，而不是真正的儒家士人。

更重要的，是他自视太高，不肯放下身段，在官场逶迤周旋，不甘心"摧眉折腰事权贵，使我不得开心颜"，对官场的险恶也没有丝毫的认识和准备。他从来不按规则出牌，所谓"贵妃研墨，力士脱靴"，固然体现出李白放纵不羁的个性，但在皇帝眼里，却正是他的缺点。所以，唐玄宗对他的评价是："此人固穷相。"

以这样的心性投奔政治，纵然怀有"天生我材必有用"的自信，有"乘风破浪会有时"的豪情，下场也只能是惨不忍睹。

"慷慨自负、不拘常调"[23]的李白，怎会想到有人在背后捅刀子？而且下黑手的，都不是一般人。一个是张垍，是旧丞相张说的儿子、唐玄宗的驸马，曾在翰林院做中书舍人，后来投降了安禄山。此人嫉贤妒能，李白风流俊雅，才不可挡，让他看着别扭，于是不断给李白下绊。还有一位，就是著名的高力士了，李白让高力士为他脱靴，高力士可没有那么幽默，他一点儿也不觉得这事好玩，于是记在心里，等机会报复。李白《清平调》一写，他就觉得机会来了，对杨贵妃说，李白这小子，把你当成赵飞燕，这不是骂你吗？杨贵妃本来很喜欢李白，一听高力士这么说，恍然大悟，觉得还是高力士向着自己。唐玄宗三次想为李白加官晋爵，都被杨贵妃阻止了。

李林甫、杨国忠、高力士这班当朝人马的"政治智商"，李白一个也对付不了。假若李白参演《权力的游戏》，恐怕他第一集就死翘翘了。他没有现实运作能力，这一点，他是不自知的。他生命中的困局，早已打成死结。这一点，后人看得清楚，可惜无法告诉他。

李白的政治智商是零，甚至是负数。一有机会，他还想要从政，但他做得越多，就败得越惨。安史乱中，他投奔唐玄宗的第十六个儿子、永王李璘，目的是抗击安禄山，没想到唐玄宗的第三子、已经在灵武登基的唐肃宗李亨担心弟弟李璘坐大，一举歼灭了李璘的部队，杀掉了李璘，李白因卷入皇族之间的权力斗争，再度成了倒霉蛋儿，落了个流放夜郎的下场。

政治是残酷的，政治思维与艺术思维，别如天壤。

好在除了政治化的天下，他还有一个更加自然俊秀、广大深微的天下在等待着他。所幸，在唐代，艺术和政治，还基本上是两条战线，宋以后，这两条战线才合二为一，士人们既要在精密规矩的官僚体系内找到铁饭碗，又要有本事在艺术的疆域上纵横驰骋，涌现出范仲淹、晏殊、晏几道、欧阳修、苏洵、苏轼、苏辙、司马光、张载、王安石、沈括、程颢、程颐、黄庭坚等一大批公务员身份的文学艺术大家。

所以，当李白不想面对皇帝李隆基时，他可以不面对，他只要面对自己就可以了。

终究，李白是一个活在自我里的人。

他的自我，不是自私。他的自我里，有大宇宙。

李白是从天上来的，所以，他的对话者，是太阳、月亮、大漠、江河。级别低了，对不上话。他有时也写生活中的困顿，特别是在凄凉的暮年，他以宝剑换酒，写下"欲邀击筑悲歌饮，正值倾家无酒钱"，依然不失潇洒，而毫无世俗烟火气。

他的世界，永远是广大无边的。

只不过，在这世界里，他飞得太高、太远，必然是形单影只。

十

这样写下去，有点像《回忆我的朋友李白》了，所以还是要收敛目光，让它回到这张纸上。然而，《上阳台帖》所说阳台在哪里，我始终不得而知。如今的商品房，阳台到处都是，我却找不到李白上过的"阳台"。至于李白是在什么时候、什么状态下上的阳台，更是一无所知。所有与这幅字相关的环境都消失了，像一部电影，失去了所有的镜头，只留下一排字幕，孤独却尖锐地闪亮。

查《李白全集编年注释》，却发现《上阳台帖》(书中叫《题上阳台》)没有编年，只能打入另册，放入《未编年集》。《李白年谱简编》里也查不到，似乎它不属于任何一个年份，没有户口，来路不明，像一只永远无法降落的鸟，孤悬在历史的天际，飘忽不定。

没有空间坐标，我就无法确定时间坐标，推断李白书写这份手稿的处境与心境。我体会到艺术史研究之难，获得任何一个线索都不是件简单的事，在历经了长久的迁徙流转之后，有那么多的作品，隐匿了它的创作地点、年代、背景，甚至对它的作者都守口如瓶。它们的纸页或许扛得过岁月的磨损，它们的来路，却早已漫漶不清。

很久以后一个雨天，我坐在书房里，读唐代张彦远《历代名画记》，书中突然惊现一个词语：阳台观。这让我眼前一亮，豁然开朗。

就在那一瞬间，我内心的迷雾似乎被大唐的阳光骤然驱散。

根据张彦远的记载，开元十五年（公元 727 年），奉唐玄宗的谕旨，一个名叫司马承祯的著名道士上王屋山，建造阳台观。司马承祯是唐朝有名的道士，当年睿宗李旦决定把皇位传给李隆基之前，就曾经召见了司马承祯，向他请教道术。睿宗之所以传位，显然与道家清静无为的思想有关。

司马承祯是李白的朋友，李白在司马承祯上山的三年前（公元 724 年）与他相遇，并成为忘年之交，为此，李白写了《大鹏遇希有鸟赋》（中年时改名《大鹏赋》），开篇即写："余昔于江陵见天台司马子微，谓余有仙风道骨，可与神游八极之表"[24]。司马子微，就是李白的哥们儿司马承祯。

《海录碎事》里记载，司马承祯与李白、陈子昂、宋之问、孟浩然、王维、贺知章、卢藏用、王适、毕构，并称"仙宗十友"[25]。

《上阳台帖》里的阳台，肯定是司马承祯在王屋山上建造的阳台观。

唐代，是王屋山道教的兴盛时期，有一大批道士居此修道。笃爱道教的李白，一定与王屋山有着千丝万缕的联系。李白曾在《寄王屋山人孟大融》里写："愿随夫子天坛上，闲与仙人扫落花。"

可能是应司马承祯的邀请，天宝三年（公元744年）冬天，李白同杜甫一起渡过黄河，去王屋山。他们本想寻访道士华盖君，但没有遇到。这时他们见到了一个叫孟大融的人，志趣相投，所以李白挥笔给他写下了这首诗。

那时，他刚刚鼻青脸肿地逃出长安。但《上阳台帖》的文字里，却不见一丝一毫的狼狈。仿佛一出长安，镜头就迅速拉开，空间形态迅猛变化，天高地广，所有的痛苦和忧伤，都在炫目的阳光下，烟消云散。

因此，在历史中的某一天，在白云缭绕的王屋山上，李白挥笔，写下这样的文字［图3-6］：

山高水长，物象千万，非有老笔，清壮可穷。

十八日，上阳台书，太白。

那份旷达，那份无忧，与后来的《早发白帝城》如出一辙。长安不远，但此刻，它已在九霄云外。

图3-6	第三章	纸上的李白	113
《上阳台帖》卷（局部），唐，李白
北京故宫博物院 藏

十一

只是，在当时，很少有人真懂李白。

尽管李白一生，并不缺少朋友。

最典型的，是那个名叫魏万（后改名魏颢）的"铁粉"。为了能见到李白，他从汴州到鲁南、再到江浙，一路狂奔三千多里，找到永嘉的深山古村，没想到李白又回天台山了，后来追到广陵[26]，才终于找到了李白。

李白说他："东浮汴河水，访我三千里。"[27]

那时没有飞机，没有高铁，三千里地，想必是一段艰难的奔波。

出现在魏万面前的李白，"眸子炯然，哆如饿虎；或时束带，风流酝籍"[28]，魏万一看就喜欢，两人从此成为莫逆。李白把自己的所有诗文交给他，还说将来魏万成名，不要忘了李白和他的儿子明月奴。上元中，魏万中进士，编成《李翰林集》，这是李白的第一部个人作品集，可惜没有留存到今天。

魏万尝居王屋山，号王屋山人，李白到王屋山，上阳台观，不知是否与魏万有关系。

还有汪伦，他与李白的友谊，因那首《赠汪伦》而为天下闻。其实，李白写《赠汪伦》之前，二人并不认识，只因汪伦从安徽泾县县令职位上卸任后，听说李白寄居在当涂李阳冰家里，相距不远，因慕李白诗名，贸然给李白写了封信，邀请他来一聚。信上写："此处有十里桃花"，"此处有万家酒店"。他知道，李白见信，必来无疑。

李白果然中招，去了泾县，发现那里既没有十里桃花，也没有那么多的酒店，他是被汪伦忽悠了。汪伦却很淡定，告诉李白，所谓十里桃花，是指这里有十里桃花潭，所谓万家酒店，是指有一家酒店，店主姓万，李白听后，开怀大笑，被汪伦的盛情所感动。几天后，李白要乘舟前往万村，从那里登旱路去庐山，在东园古渡登舟时，汪伦在岸边设宴为李白钱行，并拍手踏脚，唱歌相送，此时恰逢春风桃李花开之日，满目飞红，远山青黛，潭水深碧，美酒香醇，一首《赠汪伦》，在李白心里应运而生：

李白乘舟将欲行，

忽闻岸上踏歌声。

桃花潭水深千尺，

不及汪伦送我情。

这段故事，记录在清人袁枚《随园诗话》里。文字里，让我们看见了他们性情的丰盈与润泽，也看见了彼此间的期许与珍惜。

那份情谊，千古动心。

最值得一提的，还是李白与杜甫的友谊。杜甫对李白，一日不见，如隔三秋，一段日子不见，他就写诗。

春天到了，他想念李白，写《春日忆李白》：

> 白也诗无敌，
>
> 飘然思不群。
>
> 清新庾开府，
>
> 俊逸鲍参军。
>
> 渭北春天树，
>
> 江东日暮云。
>
> 何时一尊酒，
>
> 重与细论文。[29]

天凉了，他想念李白，写《天末怀李白》：

> 凉风起天末，
>
> 君子意如何？
>
> 鸿雁几时到，

江湖秋水多。

文章憎命达，

魑魅喜人过。

应共冤魂语，

投诗吊汨罗。[30]

冬天到了，他想念李白，写《冬日有怀李白》：

寂寞书斋里，

终朝独尔思。

更寻嘉树传，

不忘角弓诗。

短褐风霜入，

还丹日月迟。

未因乘兴去，

空有鹿门期。[31]

不只白天想，晚上还会梦见李白：

死别已吞声，

生别常恻恻。

江南瘴疠地，

逐客无消息。

故人入我梦，

明我长相忆。

君今在罗网，

何以有羽翼。

恐非平生魂，

路远不可测。

魂来枫林青，

魂返关塞黑。

落月满屋梁，

犹疑照颜色。

水深波浪阔，

无使蛟龙得。[32]

杜甫一生中为李白写过许多诗，而李白为杜甫写的诗，却是少之又少，只有《鲁郡东石门送杜二甫》《沙丘城下寄杜甫》，在他为数众多的赠友诗里，实在不算起眼。

不是李白薄情，相反，他十分重视友情。

年轻时，李白与友人吴指南一起仗剑游走，吴指南死在洞庭，李白扶尸痛哭，让过路的人都深为感动。他守着尸体，不肯离去，甚至老虎来了，他都不躲一下。很久以后，他还借了钱，回到埋葬吴指南的地方，把他重新安葬。

李长之先生在《李白传》中说："我们不能因此就断言李白比杜甫薄情，这因为他们的精神形式实在不同故，在杜甫，深而广，所以能包容一切；在李白，浓而烈，所以能超越所有。"[33]

李白的精神世界，是在另外一个维度里的。

李白是生在宇宙里的，浓浓的友情，抹不去李白巨大的孤独感。

这种孤独感与生俱来，在他诗中时隐时现，比如那首《独坐敬亭山》："众鸟高飞尽，孤云独去闲。相看两不厌，只有敬亭山。"

一片青山中，坐着一个渺小的人影。

那人，就是李白。

李白的内心世界越是广大，孤独就越是深入骨髓。

他的路上，没有同行者。

十二

反过来说，一个真正的诗人，并不惧怕痛苦和孤独，而是会依存于，甚至陶醉于这份孤独。就像一个流浪歌手，越是孤独，他走得越远，他的世界，也越发浩大。

年少时迷恋齐秦，自己也在他的歌里一路走向目光都无法企及的天边。齐秦的歌词，我至今不忘：

> 想问天问大地，或者是迷信问问宿命，放弃所有，抛下所有，让我漂流在安静的夜夜空里……

那时我不懂李白，只会背诵他几句朗朗上口的诗句。那时我心里只装着齐秦那忧郁孤独的歌声。这不同时代的歌者，固然没有可比性，但是他们在各自的音符里，藏着某种相通的路径。

只有在绝对的孤独里，才找得见绝对的自我。

就像佛教徒的闭关面壁，孤独也是一种修行。

最伟大的艺术，无不在最大的孤独里，实现了自我完成。

李白喜醉，不过是在喧嚣中逃向孤独的一种方式而已。

他要在那一缕香醇里，寻找到内心的慰藉。

所以，李白的诗、李白的字，与王羲之自有不同。王羲之《兰亭序》，是喜极而泣、悲从中来，在风花雪月的背后，看到了生命的虚无与荒凉，那是因为，美到了极致，就是绝望；李白则恰好相反，他是悲着悲着，就大笑起来，放纵起来，像《行路难》，在"欲渡黄河冰塞川，将登太行雪满山"的茫然和惆怅后面，竟然是"长风破浪会有时，直挂云帆济沧海"的万丈豪情。王羲之是从宇宙的无限，看到了人生的有限，李白却从人生的有限，看到宇宙的无限。李白不是无知者无畏，他是知道了，所以不在乎。

从某种意义上说，李白的孤独里，透着某种自负。

这样的自负，从他的字里，看得出来。

元代张晏形容《上阳台帖》："观其飘飘然有凌云之态，高出尘寰得物外之妙。"

他把这段话写进他的跋文，庄重地裱在《上阳台帖》的后面。

十三

有人说，李白是醉游采石江，入水捉月而死的。

这死法，有美感。

五代王定保《唐摭言》、宋代洪迈《容斋五笔》、元代辛文房《唐才子传》里，都写成李白为捉月而死。

明代谢时臣，画有《谪仙玩月图》，画出李白乘舟、举杯邀月的形象，此画现存北京故宫。

安徽马鞍山采石矶，至今有捉月台，纪念李白因捉月而死。

但洪迈在讲述这段传奇时，加上"世俗言"三个字，意思是，坊间传说的，不当真。

《演繁露》说："谓（李）白以捉月自投于江，则传者误也。"[34]

其实，李白的晚境，比杜甫好不了多少。

李白走投无路之际，在当涂当县令的族叔李阳冰收留了他。

或许，李白是最普通的死法——死在病床上。

时间为宝应元年（公元762年），那一年，他六十二岁。

虽才华锦绣，却终是血肉之躯。

但李白的传奇，到此并没有结束。

它的尾声，比正文还长。

一代代的后人，都声称他们曾经与李白相遇。

公元9世纪（唐宪宗元和年间），有人自北海来，见到李白与一位道士，在高山上谈笑。良久，那道士在碧雾中跨上赤虬而去，李白耸身，健步追上去，与道士骑在同一只赤虬上，向东而去。这段记载，出自唐代传奇《龙城录》。[35]

还有一种说法，说白居易的后人白龟年，有一天来到嵩山，遥望东岩古木，郁郁葱葱，正要前行，突然有一个人挡在面前，说：李翰林想见你。白龟年跟在他身后缓缓行走，不久就看见一个人，褒衣博带，秀发风姿，那人说："我就是李白，死在水里，如今已羽化成仙了，上帝让我掌管笺奏，在这里已经一百年了……"这段记载，出自《广列仙传》。[36]

　　苏东坡也讲过一个故事，说他曾在汴京遇见一人，手里拿着一张纸，上面是颜真卿的字，居然墨迹未干，像是刚刚写上去的，上面写着一首诗，有"朝披梦泽云，笠钓青茫茫"之句，说是李白亲自写的，苏东坡把诗读了一遍，说："此诗非太白不能道也。"[37]

　　在后世的文字里，李白从未停止玩"穿越"。从唐宋传奇，到明清话本，李白的身影到处可见。

　　仿佛每个人都会在自己的路上遭遇李白。这是他们的"白日梦"，也是一种心理补偿——没有李白的时代，会是多么乏味。

　　李白，则在这样的"穿越"里，得到了他一生渴望的放纵和自由。

　　"人生在世不称意，明朝散发弄扁舟"，李白的意思是说："你们等着，我来了。"

　　他会散开自己的长发，放出一叶扁舟，无拘无束地，奔向物象千万，山高水长。

　　此际，那一卷《上阳台帖》，正夹带着所有往事风声，在我面前徐徐展开。

　　静默中，我在等候写下它的那个人。

第四章

血色文稿

置身这不完美的人间，心里守着一个完美的标准，并一笔一画地把它写出来，这，就是颜真卿了。

一

2019 年年初，日本东京国立博物馆举办"颜真卿：超越王羲之的名笔"（颜真卿：王羲之を超えた名笔）特别展[1]，从台北故宫博物院借来了《祭侄文稿》，使台北故宫深陷借展风波，也让这件颜真卿的书法名帖成为舆论焦点。据云，1 月 16 日开始的展览，在第二十四天就迎来了十万名观众，比六年前的"书圣王羲之"大展早了八天。排队两小时，只看十秒钟（因有工作人员轻声提醒排队人群"不得停留"），却无人抱怨，相反，每个人的脸上都洋溢着满足的神色。我相信这十秒，对于他们而言，已成生命中至为珍贵、至为神圣的时刻，有人甚至准备了大半生。报道上说，有一位来自香港的五十七岁观众，七岁开始写颜体字，认识颜真卿五十年，却"从来没想过这辈子竟然有机会能近距离看到《祭侄文稿》"[2]。还有人说："由于工作人员不断催请移动，致无法细观展品，笔者夫妇不得不反复排队，竟连续达十余次之多。"[3] 看展的观众，大多都衣着正式，屏气凝神，仿佛参加一场神圣的典礼。透过斜面高透玻璃俯身观看的一刹，他们与中国历史上最珍贵的一页纸相遇了。一个展览，让写下它的那个人，在一千三百多年后，接受十余万人的注目礼。

我本欲专程去东京看展，没想到四十天的展览时间在我的新年忙碌中倏然而过，想起来时，已悔之晚矣。三月的暖阳里，我到郑州松社，去偿还一次许诺已久的演讲。没有想到，一位名叫令洋的读者，竟专程从西安赶来听讲，还给我带来了他从日本带回的"颜真卿特别展"宣传页、展出目录以及画册，可见"九〇后"的年轻人，也有人如此深爱传统。我还没想到，一场演讲，我竟得到了如此丰厚的回报。

离开郑州的飞机上，我盯着纸页上的《祭侄文稿》反复打量。我觉得自己也很幸运，因为我不只有十秒，我的时间几乎是无限的，《祭侄文稿》就在我的手里，想怎么看就怎么看，想看多久就看多久。一千三百多年前出生的颜真卿，此刻就近在眼前。我可以从容地、细致地观察颜真卿的提笔按笔、圈圈画画，体会它的疏疏密密、浓浓淡淡。一篇文稿，因出自颜真卿的手笔而拥有了不朽的力量。我突然想，《祭侄文稿》在时间中传递了十几个世纪，而书写它的时间，或许只有十秒，或者一分钟。

二

写下《祭侄文稿》[图 4-1] 时，颜真卿刚好五十岁。

写下此文时，我也五十岁。我与颜真卿是"同龄人"。

但我的五十岁和颜真卿的五十岁，隔着月落星沉、地老天荒。

颜真卿五十岁时，他生活的朝代刚好迎来"至暗时刻"。

一场战争，把盛唐拖入泥潭。

我们都知道，那是"安史之乱"。

在承平年代生活久了的人，是无法想象战乱的痛苦的，像 20 世纪的战乱，即使我们通过各种影像一再重温，却依旧是一知半解，没有切肤之痛。非但不痛，那些战火纷飞的大场面，甚至让我们感到刺激与亢奋。我们是带着隔岸观火的幸灾乐祸来观看战争的，因为战争越是惨烈就越有观赏性，这也是战争大片的票房居高不下的原因所在。看热闹不嫌事儿大，这是时间赋予人们的优越感，每一个和平年代的居民，都会有这样的优越感，连唐朝皇帝李隆基也不例外，因为在他的朝代里，战争早已是明日黄花。自从公元 618 年李渊在长安称帝，建立大唐王朝，一百三十七年来，这个王朝从来没有发生过大规模的战争，皇室内部的夺权斗争，以及"不教胡马度阴山"的民族战争不计在内。因此，所有的战争，在他眼里都变成了一部传奇，

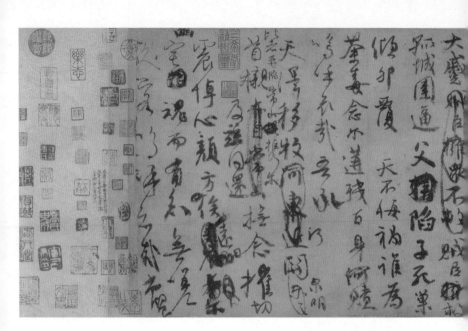

［图 4-1］

《祭侄文稿》卷，唐，颜真卿

台北故宫博物院 藏

維乾元元年歲次戊戌九月庚午
朔三日壬申第十三叔銀青光祿
夫使持節蒲州諸軍事蒲州
刺史上輕車都尉丹楊縣開國
侯真卿以清酌庶羞祭
贈贊善大夫季明之靈曰
惟爾挺生夙標幼德宗廟瑚璉
階庭蘭玉每慰
人心方期戩穀何圖逆賊間釁
稱兵犯順爾父竭誠常

临□□□□□□□□□

□□众不□贼臣不救

□□□大蹙

孤城围逼

父陷子死巢

倾卵覆

天不悔祸谁为

奉命念尔遘残百身何赎

惟尔挺生闳博幼德宗庙班班

贻庆兰玉　阴县绩　每蔚

人心方期晋载何图逆贼间

煙直称兵犯顺　尔父绍德常

山作郡余时爰　命山作雍平

他自己，永远只是一名观众。也因此，当一匹快马飞越关山抵达临潼，把安禄山起兵造反的消息报告给唐玄宗时，唐玄宗一下子就蒙圈了，脸上分明写着四个字：我，不，相，信！

那是大唐天宝十四载（公元 755 年）十一月十五日，唐玄宗正与杨贵妃一起在泡温泉，他的眼里，只有"芙蓉如面柳如眉"[4]、"肌理细腻骨肉匀"[5]。华清池的云遮雾罩里，他听不见"渔阳鼙鼓"，看不见远方的生灵涂炭、血肉横飞。这注定是一场空前惨烈的战争，惨烈到完全超乎唐玄宗的想象。这场战争不仅将要持续八年，而且像一台绞肉机，几乎将所有人搅进去，让每一个人，都经历一次家破人亡的惨剧，连唐玄宗自己也不例外。对于战争的亲历者而言，战争从来不是一场游戏，更不是在戏台上唱戏，而是生与死的决斗，是血淋淋的现实，是一场醒不过来的噩梦。此时，在芳香馥郁的华清池，在"侍儿扶起娇无力"[6]的销魂时刻，在帝国的另一端，安禄山的叛军已从今天的北京、唐朝时被称为范阳的那座边城，军容浩荡地出发，迅速荡涤了河北、河南，仅用三十三天，就攻陷了大唐王朝的东京洛阳，灯火繁华的"牡丹之都"，立刻变成一片血海。那血在空中飞着，在初冬的雨雪里飘着，落在旷野里的草叶上，顺着叶脉的抛物线缓缓滑落，在夕阳的光线中显得晶莹透亮，轻盈的质感，有如华清池温泉里漂浮的花瓣。

连远在庐山隐居的李白都闻到了那股血腥味，于是写下这样的诗句：

> 俯视洛阳川，
> 茫茫走胡兵。
> 流血涂野草，
> 豺狼尽冠缨。[7]

安禄山用他的利刃在帝国的胸膛上划出一道深深的伤口。直到那时，早已习惯了歌舞升平的人们才意识到，所谓的盛世，竟是那样虚幻。和平与战乱，只隔着一张纸。

那个派人千里迢迢送来一张纸、惊破唐玄宗一帘幽梦的人，正是颜真卿。

三

假若没有"安史之乱"，颜真卿无疑也会沿着"学而优则仕"的既定路线一直走下去。颜真卿三岁丧父，十个兄妹（含颜真卿在内）全由母亲养大，家境算得上贫寒了。但穷人的孩子早当家，加之颜真卿出身于书香世家，父亲颜惟贞生前曾任太子文学，所以颜真卿自幼苦读，苦练书法，是品学兼优的"三好学生"。

开元二十一年（公元 733 年），安禄山三十一岁，还在张守珪手下当"丘八"；李白三十三岁，正在洛阳、襄汉、安陆之间漂着，距离进入长安城还有十年时间；杜甫二十二岁，也在吴越晃荡着，丝毫没有进入文学史的迹象；颜真卿二十五岁，却已通过国子监考试。一年后，又进士及第。开元二十四年（公元 736 年），颜真卿通过吏部考试，被朝廷授予朝散郎、秘书省著作局校书郎，算是正式参加工作，踏上光荣的仕途。在这一点上，他比上述几人更加幸运。更有意思的是，三十年后，他成为吏部的最高长官——吏部尚书，考试录用公务员，正是吏部的工作内容之一。

颜真卿是在天宝十二载（公元 753 年）到平原郡任太守的。平原郡，在今天山东德州一带，那里正是范阳节度使安禄山管辖的地盘。国子监考试已经过去了二十年，经过了二十年的折腾，安禄山已经成为颜真卿的上级领导，不仅统辖平卢、范阳、河东三镇，而且如前所述，在唐玄宗面前奋力一哭，哭出了一个左仆射的职务，相当于中央领导了。所以，两年后，安禄山造反，就命令他的手下、平原郡太守颜真卿率领七千郡兵驻守黄河渡口。颜真卿就利用这个机会，派人昼夜兼程，将安禄山反叛的消息送给唐玄宗。

自这一天开始，身为文臣的颜真卿，就和战争打起了交道。

当唐玄宗兀自哀叹"河北二十四郡，岂无一忠臣乎"[8]，颜真卿已经组织起义军和叛军周旋。我们再也看不到那个舞文弄墨的文人秀士，我们只看到一个满脸血污的将军，在寒风旷野中纵马疾行。

四

人与人的区别，有时比人与其他动物的区别都大，尤其在各种文明汇聚的唐代，各种价值观"乱花渐欲迷人眼"，让人眼花缭乱。颜真卿与安禄山，虽是同事，而且是同龄人（"安史之乱"爆发时颜真卿四十七岁，安禄山五十三岁），价值观却有天壤之别。

安禄山是商人习性，有奶就是娘，没奶了六亲不认。在他心里，终极价值只有一个，那就是利益。加上他是胡人血统，受儒家观念影响很小，他是带着异域之风进入中原，进而影响到中国史的。颜真卿则不同，他出生于京兆万年县敦化坊，听名字就知道，那里是中原文明的中心地带。尽管在颜真卿生活的年代，儒家价值观被流动的异族文化信仰所稀释，但在大河两岸、长安周边，传统价值依旧保持着它应有的浓度。唐玄宗把长安所在的雍州改为京兆府，京兆府的首长为京兆尹，万年、长安，都是京兆府下的县，这些名字，也都渗透出对帝国长治

史魯郡公顏真卿敘

图 4-2

《竹山堂连句》册（局部），唐，颜真卿（传）

北京故宫博物院 藏

第四章　　　血色文稿　　　137

久安、万年永祚的祈福，敦化坊的名字，来自儒家文化的经典文献《中庸》，在今天读来，依旧那么温柔敦厚。《中庸》说"小德川流，大德敦化"[9]，意思是要以道德教化使民风淳厚，让我想到杜甫的两句诗"致君尧舜上，再使风俗淳"[10]，政治清明、民风淳厚，仍然是那时人们的心理期待。颜真卿虽然父丧家贫，但自幼在这样的环境中长大，又饱读诗书，他的心中，早已形成了超越个人生命价值之上的族群价值，让他的生命超越生物意义层面而上升到信仰层面。

有人会问：那个被众多美女和佞臣阉宦所簇拥着的皇帝，是否值得去效忠？张锐锋曾说："皇帝实质上是被飞龙盘绕和锦衣包裹着的空洞的概念，却成为勇士们赴死的理由。"[11]但在颜真卿的心里不只有对皇帝的忠，他心里还有孝，因为"孝者德之本"，连唐玄宗，都颁布了他的《孝经注》。忠和孝，背后都是爱，只不过那时的中国人不说爱，只说仁，孔子说过，"仁者，爱人"，不只爱皇帝，亦爱百姓，爱天下的苍生。所以儒家讲仁、义、道、德，不是宣扬愚忠，而是讲天地大爱。假如愚忠，孔子就不会在诸侯之间跑来跑去了。没有仁、义、道、德，天就会塌下来，人就只是一堆皮囊。孔子坚信，"天不变，道亦不变"，那"道"，让他为自己世俗的肉身找到了崇高的依托。

因此，颜真卿与安禄山离得再近，也不可能在一个槽里争食。

颜真卿虽比安禄山官小，但他的人生不可能被安禄山绑架。自己的人生，当然要自己做主。这一点，或许是安禄山想不到的。他不明白除了欲和利，颜真卿还需要什么。如此，当安禄山统帅他的大军，势如破竹，攻下东都洛阳，又破了潼关，准备直入帝都长安，安禄山万万没想到自己后院起火，平原郡太守颜真卿和常山郡太守颜杲卿同时"谋反"。

颜杲卿和颜真卿兄弟造的是安禄山的反。安禄山曾命颜真卿防守黄河渡口，这让他在大战之前，有机会直面大地上的江河。万古江河，或许会让他想起孔夫子的那句名言："逝者如斯夫，不舍昼夜。"那一刻，他一定会考虑，这世界上有哪些东西会被这大河裹挟而去，哪些将会留下，化作永恒。那或许是一次与圣哲对话的机会，他觉得离孔子很近，离河流所象征的祖先血脉很近。

我不知道颜真卿在做出决定时有没有犹豫，像他这样有坚定信仰的人，是否也有"狠斗私字一闪念"的过程？毕竟，安禄山是强大的，像他庞大的身躯一样不可小觑。他再看不起安禄山，也不能看不起安禄山的军队——它被称为"幽蓟锐师""渔阳突骑"，连中央军都对它望而生畏。后来的事实证明，连哥舒翰这样一位老将都不是他的对手。在潼关一败涂地，协助哥舒翰防守潼关的大诗人高适（时任监察御史）赶忙逃回长安。

潼关一失，哥舒翰的二十万大军中，坠黄河死者数万，以至于多年后，诗人杜甫从战场经过，"寒月照白骨"[12]的景象依然令他毛骨悚然。颜真卿自己以卵击石，又有多大意义？

但我能看到的历史是，开弓没有回头箭，自从腰斩了安禄山派来的特使段子光，把段子光光光的身子拆分成大小不同的几段，颜真卿和颜杲卿兄弟就没收过手，直到安禄山反攻倒算，攻下了平原郡，杀了颜杲卿，顺便杀了颜家大小三十多口，颜真卿只有悲愤，却没有后悔过半分。

五

兵荒马乱之际，李白和张旭在溧阳[13]相遇了，酒楼上，他们的话题，离不开这场战乱，也离不开颜氏兄弟。张旭说："河北十七郡，只有颜真卿、颜杲卿两弟兄不愧是忠臣。"李白说："高仙芝不战而走，损失惨重，这已是一输；而朝廷不让他戴罪立功，却听信宦官之言，遽弃干城之将，这又是一失。这样一输一失，贼势便又猖狂起来。"[14]说罢，李白望着窗外纷乱的杨花，愁眉不展，愁肠百结。

颜杲卿被史思明所杀，是天宝十五载（公元756年）正月的事。因为颜氏兄弟的"起义"，河北十七郡在一天之内复归了朝廷，牵制了安禄山叛军攻打潼关的步伐，所以安禄山命史思明率军，杀个回马枪。经过六个月的苦战，常山城陷，颜杲卿被俘，押到洛阳，被安禄山所杀。六月初九，潼关失守，使得叛军进军长安的道路"天堑变通途"。四天后，玄宗西逃，又过四天，长安陷落。

长安陷落后不久，王维、杜甫分别被叛军俘获。王维被押解到洛阳，安禄山劝他投降，王维又是拉肚子（提前服了泻药），又是装哑巴，算是躲过一死，被关在菩提寺里。他听说雷海青之死，悲痛中口占一首《凝碧诗》，广为流传，一直传到唐肃宗的耳朵里。唐肃宗听到"万户伤心生野烟，百官何日再朝天"这样的诗句，一定感同身受，也知道王维身在曹营心在汉，收复洛阳后，非但没有处死王维，还给他升了官，作尚书右丞，王维从此多了一个称号：王右丞。

长安城破，杜甫带着家小逃向鄜州 [15]。冯至先生在《杜甫传》中这么描述当时的情景：

> 我们看见这唐代最伟大的诗人，掺杂在流亡的队伍里，分担着一切流亡者应有的命运。这次逃亡，起于仓促，人人争先恐后，杜甫由于过分的疲劳，陷在蓬蒿里不能前进。这时和他一同逃亡的表侄（他曾祖姑的玄孙）王砅已经骑马走出十里，忽然找不到杜甫，于是呼喊寻求，在极危急的时刻把自己乘用的马借给杜甫，他右手持刀，左手牵缰，

保护杜甫脱离了险境。十几年后杜甫在潭州遇到王砅，回想过去这一段共患难的生活，他觉得，当时若没有王砅的帮助，也许会在兵马中间死去。他向王砅说："苟活到今日，寸心铭佩牢！"后来他与妻子会合，夜半经过白水东北六十里的彭衙故城，月照荒山，女儿饿得不住啼哭，男孩只得采摘路旁的苦李充饥。紧接着是缠绵不断的雷雨天气，路径泥泞，没有雨具，野果是他们的粮粮，低垂的树枝成为他们夜间寄宿的屋椽。走过几天这样的路程，到了离瀹州不远的同家洼，友人孙宰住在这里，当他在黄昏敲开孙宰的门时，面前展开了一幅亲切而生动的画图：主人点起灯烛迎接这一家狼狈不堪的逃亡者，立即煮水给行人洗脚，还不忘了剪些白纸条儿贴在门外给行人招魂。两家妻子彼此见面，主人预备了丰富的晚餐，把睡得烂熟了的孩子们也叫醒来吃。这段遇合，杜甫在一年后写在《彭衙行》里，真实而自然，和他后来许多五言古诗一样，作者高度地掌握了这种诗的形式，发挥他写实的天才，无论哪一代的读者都能在里边感到一片诚朴的气氛，诗中人物的一举一动，一言一笑，都历历如在目前。

他在同家洼休息了几天，把家安置在郦州城北的羌村。由于长期的淫雨，郦州附近的三川山洪暴发，淹没了广大

的陆地，远方是兵灾，眼前是洪水，他喘息未定，听到的
是万家被难的哭声。[16]

杜甫安顿好妻子儿女，就立刻赶往灵武投奔肃宗。在路上，
他落入了乱军之手，被押到长安。身陷叛军，家人不知死活，
杜甫写下了缠绵悱恻的一首诗：

今看瀍州月，

闺中只独看。

遥怜小儿女，

未解忆长安。

香雾云鬟湿，

青辉玉臂寒。

何时倚虚幌，

双照泪痕干。[17]

杜甫和妻子，相隔六百里，却音讯全无，只能在不同的地方
看着相同的月亮思念对方。杜甫的诗，像《月夜》这样细腻、深
情的并不多，但这诗的确是出自杜甫。生死未卜之际，他最想念
的，是爱妻的"香雾云鬟湿，青辉玉臂寒"。有人说："他以为自

己不会写情诗，她也以为他不会写情诗。但是乱世之中，他挥笔一写，一不小心，就写出了整个唐朝最动人的一首情诗出来。"[18]

九个月后，杜甫才趁乱逃跑。这过程，杜甫记在诗里：

> 西忆岐阳信，
> 无人遂却回。
> 眼穿当落日，
> 心死著寒灰。
> 雾树行相引，
> 莲峰望忽开。
> 所亲惊老瘦，
> 辛苦贼中来……[19]

这是三首组诗中的一首，组诗的名字叫《自京窜至凤翔喜达行在所三首》，连杜甫自己都称"窜"，可见逃亡过程的狼狈与惊慌。逃出长安城，他迎着落日向西走，一边走，一边紧张地四下张望（"眼穿当落日，心死著寒灰"）。远树迷蒙，吸引他向前方走，不知过了多久，他终于透过树影，看到了太白山的巨大轮廓（"雾树行相引，莲峰望忽开"），不禁心中一喜，凤翔就要到了。

　　青山苍树间，王维和杜甫曾各自奔逃，像一只只受惊的鸡犬，他们惊世的才华，在这个时刻完全无用。那时的帝国，不知有多少人像他们一样在奔逃，连唐玄宗也不例外。或者说，皇帝的逃，导致了所有人的逃，以皇帝的车辇为圆心，逃亡的阵营不断扩大，像涟漪一样，一轮一轮地辐射。

　　连唐玄宗都不能避免家破人亡的惨剧。马嵬坡，唐玄宗的大舅子杨国忠被愤怒的士兵处死，纷乱的利刃分割了他的尸体，有人用枪挑着他的头颅到驿门外示众。至于杨贵妃之死，自唐代《长恨歌》、清代《长生殿》，一直到今天的影视剧，都一遍遍地表达过，中国人都熟悉，无须多言。我想补充的，是《虢国夫人游春图》里的虢国夫人，在得知哥哥杨国忠、妹妹杨贵妃的死讯后，带着孩子逃至陈仓，县令薛景仙闻讯，亲自带人追赶。虢国夫人仓皇中逃入竹林，亲手刺死儿子和女儿，然后挥剑自刎，可惜下手轻了，没能杀死自己，被薛景仙活捉，关入狱中。后来，她脖子上的伤口长好，堵住了她的喉咙，把她活活憋死了。

　　皇族尚且如此，小民的命运，就不用说了。"靡靡逾阡陌，人烟眇萧瑟。所遇多被伤，呻吟更流血。"[20] "四海望长安，颦眉寡西笑。苍生疑落叶，白骨空相吊。"[21] 百姓的生命，像树叶一样坠落。呻吟、流血、闪着寒光的骷髅，已成为那个年代的常见景观。"安史之乱"的惨状，像纪录片一样，记录在李白、杜甫的诗里。

前面说过，"安史之乱"是大唐王朝，乃至整个中国历史中的"至暗时刻"，那黑，黑得没边没沿，让人窒息，让人绝望。而颜真卿目睹侄儿季明遗骸的那一刻，则是"黑夜里最黑的部分"。

若说起"安史之乱"期间所经历的个人伤痛，恐怕难有一人敌得过颜真卿。颜真卿的侄子颜季明是在常山城破后被杀的，那个如玉石般珍贵、如庭院中的兰花（《祭侄文稿》形容为"宗庙瑚琏，阶庭兰玉"）的美少年，在一片血泊里，含笑九泉。

颜杲卿（颜季明的父亲）被押到洛阳，安禄山要劝他归顺，得到的只是一顿臭骂，安禄山一生气，就命人把他绑在桥柱上，用利刃将他活活肢解，还觉得不过瘾，又把他的肉生吞下去，才算解心头之恨。面对刀刃，颜杲卿骂声不绝，叛贼用铁钩子钩断了他的舌头，说："看你还能骂吗？"颜杲卿仍然张着他的血盆大口痛骂不已，直到气绝身亡。那一年，颜杲卿六十五岁。

除了颜杲卿，他的幼子颜诞、侄子颜诩以及袁履谦，都被先截去了手脚，再被慢慢割掉皮肉，直到流尽最后一滴血。

颜氏一门，死于刀锯者三十余口。

颜杲卿被杀的这天晚上，登基不久的唐肃宗梦见了颜杲卿，醒后为之设祭。那时，首级正被悬挂在洛阳的大街上示众，在风中摇晃着，对眼前的一切摇头不语。没有人敢为他收葬，只有一个叫张凑的人，得到了颜杲卿的头发，后来将头发归还给了颜杲卿的妻子崔氏。

颜真卿让颜泉明去河北寻找颜氏一族的遗骨，已经是两年以后，公元758年，即《祭侄文稿》开头所说的"乾元元年"。那时，大唐军队早已于几个月前收复了都城长安，新任皇帝唐肃宗也已祭告宗庙，把首都光复的好消息报告给祖先，功勋卓著的颜真卿也接到朝廷的新任命，就是《祭侄文稿》里所说的"持节蒲州诸军事、蒲州刺史，充本州防御史"。

颜泉明找到了当年行刑的刽子手，得知颜杲卿死时一脚先被砍断，与袁履谦埋在一起。终于，颜泉明找到了颜季明的头颅和颜杲卿的一只脚，那，就是他们父子二人的全部遗骸了。这是名副其实的"粉身碎骨"了。颜真卿和颜泉明在长安凤栖原为他下葬，颜季明与卢逖的遗骸，也安葬在同一墓穴里。

六

因此，《祭侄文稿》不是用笔写的，而是用血浸的，用泪泡的，是中国书法史上最沉痛，也最深情的文字。支撑它的，不只是颜真卿近五十年的书法训练，更来自颜真卿的人生选择，而颜真卿的人生选择，也不只是他个人的选择，也是整个家族的选择，在这一点上，颜真卿、颜杲卿、颜季明、颜泉明等几代人，表现出惊人的一致性，好像接受了某种命令。但没有哪一个具体的人命令他们，是文化、是道德观在"命令"他们。在他们看来，这种出自道德的"命令"，虽没有强制性，却更值得遵守。

随着唐朝建立，"中国"突然打开了世界的大门，不是"中国"在拥抱世界，而是世界在走向"中国"。长安的外国人已超过一万人，使长安成为当时世界上最大的国际化大都会。各种来自异域的服装、玩物、游戏、歌舞，都无不炫耀着异域文明在世俗生活中的诱惑力。唐代物质世界的灿烂与淫靡，我们从周昉《挥扇仕女图》卷（北京故宫博物院藏）、《簪花仕女图》卷（辽宁省博物馆藏）、阎立本《步辇图》卷（北京故宫博物院藏）、佚名《宫乐图》卷（台北故宫博物院藏）这些唐代绘画中，从唐代段成式《酉阳杂俎》、当代薛爱华《撒马尔罕的金桃》这些奇书中一眼可以望穿。《隋唐嘉话》曾经提供一个有意思的细节：唐玄宗继位时，曾经将一大批金银器玩、珠玉、锦绣等珍贵物品放在大殿前付之一炬，以显示他拒绝这些"糖衣炮弹"的决心，但不出几年，他就被奢华的进口商品彻底征服。

耐人寻味的是，物质生活的精致与繁丽，有时并不能使人的精神蓬勃向上，倒容易使人的身体沉沦向下，唐玄宗本人就是一个最鲜活的例子。对此，我在《故宫的古物之美 2》中谈论《韩熙载夜宴图》卷时曾有论述。于是，原本属于中原文明的正面价值，比如忠诚、勤俭、孝顺、敦厚等，被异族生活的五色迷离、潇洒随意所冲淡。葛兆光先生在《中国思想史》中写道："面对越来越放纵的情感和越来越失控的欲望"，"以汉族为中心的伦理准则渐渐失去普遍的约束力，使传统的行为模式渐渐失去普遍的合理性"。[22]

我也曾说："物质主义的世界让人心变硬，没有教养，变得六亲不认，变得笑贫不笑娼（'君子爱财，取之有道'的传统信条被彻底动摇，财最重要，谁管它道不道），但那文字的，或者艺术的世界不同，在里面，我们感知爱、理解与信仰。"[23]

然而，在初唐时代，视界的突然打开，物质生活的丰富，却无法掩盖思想领域的苍白与贫乏，那时，唐诗里已经有了"春江潮水连海平，海上明月共潮生"的幽美邈远，散文里已经有了"落霞与孤鹜齐飞，秋水共长天一色"的奇幻光泽，但李白、杜甫、李贺、杜牧还没有出生，唐诗的崛起还看不出任何预兆，至于思想界，尽管从张说到张九龄，都曾经有过恢复思想与社会秩序的努力，但"在八世纪中叶发生了'惊破霓裳羽衣曲'的一幕，直到这一幕落下帷幕，甚至到这个世纪结束，主流的知识与思想世界还是没有找到拯救社会的药方"[24]。

直到"安史之乱"后，这一课才被补上，仿佛在炼石，去补那被捅漏的苍天。这时思想界最重要的选手，就是位列"唐宋八大家"之首的韩愈。在《原道》中，韩愈老师讲道："博爱之谓仁，行而宜之之谓义，由是而之焉之谓道，足乎己而无待于外之谓德。"[25] 他试图为这个充满了世俗享乐的世界找回丢失已久的"道"，"希望在这种超越性的'道'的基石上重建知识、思想与信仰的秩序"。这倒有点像20世纪90年代中国知识界爆发的"人文精神大讨论"。在这个世界里，欲望、自由、世俗快乐，理当受到尊重，但它们并不能没有边界。自由的最佳境界，孔子早就界定过："从心所欲不逾矩"。人可以"从心所欲"，但人性需要管束，像安禄山这样为了一己私欲而置民于水火，更不能袖手旁观。"礼崩乐坏"时刻，拯救世界的武器，是"道"，是前面说到的仁、义、道、德，"以之为人，则爱而公；以之为心，则和而平；以之为天下国家，无所处而不当"[26]。孔子说："朝闻道，夕死可矣。"可见"道"在孔子心中的神圣价值。当然，"道"也可以发展成假道学，高调的、空洞的理想主义也同样荼毒生灵，不过那都是后来的事了，此处不提。

颜真卿用自己的实际行动告诉安禄山，他是一个认死理的人，这个理，就是孔子所说的"道"。道是天，道是地，道是他的命。他的死理、他的原则、他的理想，从不标价出售。他和安禄山不在一个世界里，彼此间语言不通。他信仰的"道"，安禄山花多少钱也买不来。在"道"面前，安禄山的钱一文不值。

七

表面上，颜真卿的唐代"楷书"是唐代法度的代表，"颜柳欧赵"楷书四家，颜真卿排第一[27]，他的一笔一画，被一代代中国人临摹至今，那是"矩"；实际上，他更为当时的士人提供了精神的范本，那就是"道"。

置身这不完美的人间，心里守着一个完美的标准，并一笔一画地把它写出来，这，就是颜真卿了。范文澜在《中国通史》中说："盛唐的颜真卿，才是唐朝新书体的创造者。"[28] 他的楷书，如北京故宫博物院藏传为颜真卿书的《竹山堂连句》册［图 4-2］，结体宽舒伟岸，有丈夫气；用笔丰肥古劲，有力量感。

关于字的肥瘦，我在《永和九年的那场醉》里提到过。颜字的肥，有唐玄宗的提倡，也有老师张旭的影子，但颜真卿的楷书，庄严正大，肥而不腻，一扫虞世南、褚遂良如"美女婵娟，不胜罗绮"的娟媚之习，一看就是大唐的气度。有颜真卿出现，大唐美学才真正得以完成。对此，李泽厚先生在《美的历程》中有精辟论述：

> 如果说，以李白、张旭等人为代表的"盛唐"，是对旧的社会规范和美学标准的冲决和突破，其艺术特征是内容

裴智通車

大六制六

溢出形式，不受形式的任何束缚拘限，是一种还没有确定形式、无可模仿的天才抒发。那么，以杜甫、颜真卿等人为代表的"盛唐"，则恰恰是对新的艺术规范、美学标准的确立和建立，其特征是讲求形式，要求形式与内容的严格结合和统一，以树立可供学习和仿效的格式和范本。

如果说，前者更突出反映新兴世俗地主知识分子的"破旧""冲决形式"；那么，后者突出的则是他们的"立新""建立形式"。"江山代有才人出，各领风骚数百年"，杜诗、颜字，加上韩愈的文章，却不止领了数百年的风骚，它们几乎为千年的后期封建社会奠定了标准，树立了楷模，形成为正统。他们对后代社会的密切关系和影响，比前者（李白、张旭）远为巨大。杜诗、颜字、韩文是影响深远，至今犹然的艺术规范。这如同魏晋时期曹植的诗、二王的字以及由汉赋变来的骈文，成为前期封建社会的楷模典范，作为正统，一直影响到北宋一样。[29]

颜真卿的"道德观"，是这个家族一代代传承下来的，在胎教时代，就内植于他的血液里了。颜氏一族不是一般的家族，它的一世祖是孔子的弟子颜回，所以他们一向以儒家思想的正统传人自居。颜氏十三世祖是南北朝时期著名文学家和教育家

白猛
植情
如坊
白方
盖扵
如賦

颜之推，他的《颜氏家训》，被称为中华民族历史上第一部内容丰富、体系宏大的家训，无疑是颜真卿家族的精神传家宝。颜氏一代代子孙谨记着《颜氏家训》教诲，成就了他们在操守与才学方面的惊世表现。

因此，一纸《祭侄文稿》，是颜氏家族的集体创作，也是"道"的信奉者的集体创作。他们借颜真卿的手完成了这一纸宣言。王羲之写《兰亭序》，得益于永和九年的那顿大酒，让他以空净华美的语言，叩问生命和宇宙的奥秘；苏东坡写《寒食帖》，是因为元丰五年（公元 1082 年）寒食节的苦雨，让他感到彻骨的寒凉，他以一纸诗帖，表达他独立天地间、身陷"无物之阵"的那份孤独与空茫。《祭侄文稿》则是颜真卿"向死而生"的人生答卷，它的最终完成，是颜家老小三十余口用生命换来的。

八

从书法上看，《祭侄文稿》简直是一个异数。

《祭侄文稿》用行书写成，与颜真卿追求的那种均匀方正、平衡协调之美截然不同。颜真卿在楷书里表现出的那种正襟危坐、端庄谨严的气质不见了，好像他头没梳、胡子没刮，一脸怒色毫不掩饰。

颜真卿的行书，在北京故宫博物院可见《争座位帖》宋拓

高朤

飛之義

本，此帖与《祭侄文稿》《祭伯父文稿》并称"颜氏三稿"，它是颜真卿在代宗广德二年（公元764年）十一月致定襄王郭英乂的信件稿本，内容是争论文武百官在朝廷宴会中的座次问题，然而郭英乂为了献媚宦官鱼朝恩，在菩提寺行及兴道之会，两次把鱼朝恩排于尚书之前，抬高宦官的座次。颜真卿在信中说"乡里上齿，宗庙上爵，朝廷上位，皆有等"，其实就是要恢复庙堂的礼仪、法度与尊严。虽只是一通书札，但全篇书法姿态飞扬，在圆劲激越的笔势与文辞中透射出他刚劲耿直、朴实敦厚的人格力量。

我最喜欢的，是《裴将军诗》（北京故宫博物院藏有纸本，浙江省博物馆藏南宋刻《忠义堂帖》拓本 [图4-3]，颜真卿《裴将军诗》也列入了《全唐诗》第一百五十二卷）。虽可看出他与张旭的承继关系，但颜真卿楷书里的那种稳重圆厚的肌肉感是看得出来的。读颜真卿法书，有如观武林高手练功，时静时动，时疾时徐，顿挫中蕴含着气势。

但《祭侄文稿》就不同了，在《祭侄文稿》中，我看到了以前从颜字中从来不曾看到的速度感，似一支射出的响箭，直奔他选定的目标。虽然《祭侄文稿》不像明末连绵草（以傅山为代表）那样有笔势连绵不断的气势，但我感觉颜真卿从提蘸墨起，他的书写就没有停过。《祭侄文稿》是在极短的时间内书写完毕，一气呵成的。

时过境迁之后，即使我面对的是《祭侄文稿》的复制品，却依然可以被它带回到当年的书写现场，通过对书写痕迹的辨识，"复盘"当时的书写过程。我们可以看见，《祭侄文稿》全篇全文近三百字，却只用了七次蘸墨。

我们数一下：

第一笔蘸墨，写下 [图4-4]：

维乾元元年，岁次戊戌，九月庚午朔，三日壬申，第十三叔银青光禄夫、使持节蒲州诸军事……

第二笔蘸墨，写下：

蒲州刺史、上轻车都尉、丹杨（阳）县开国侯真卿，以清酌庶羞，祭于亡侄、赠赞善大夫季明之灵曰。惟尔挺生，夙标幼德，宗庙瑚琏，阶庭兰玉……

第三笔蘸墨，写下：

每慰人心，方期戬谷。何图逆贼闲衅，称兵犯顺……

第四笔蘸墨，写下：

尔父竭诚，常山作郡。余时受命，亦在平原。仁兄爱
我，俾尔传言。尔既归止，爰开土门。土门既开，凶威大蹙。
贼臣不救，孤城围逼……

第五笔蘸墨，写下：

父陷子死，巢倾卵覆。天不悔祸，谁为荼毒。念尔遘
残，百身何赎。呜呼哀哉！吾承天泽，移牧河关。泉明比者，
再陷常山。携尔首榇，及兹同还。抚念……

第六笔蘸墨，写下：

摧切，震悼心颜。方俟远日，卜尔幽宅……

第七笔蘸墨，写下：

魂而有知，无嗟久客。呜呼哀哉！尚飨！

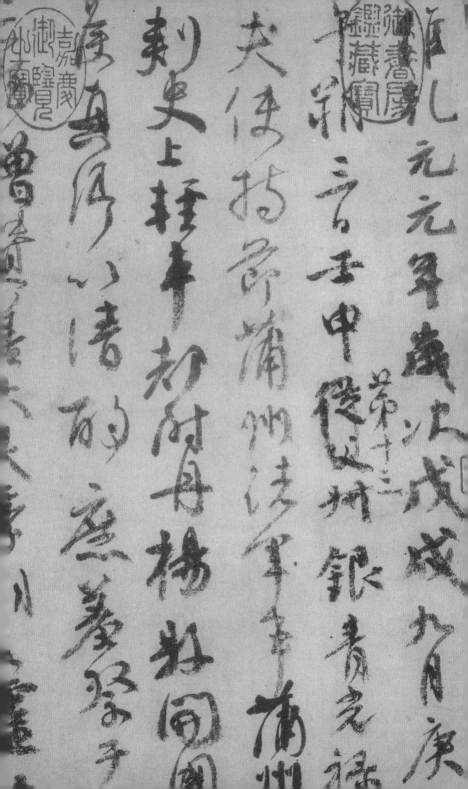

維元元年歲次戊戌九月庚

午朔三日壬申第十三銀青光祿（大夫）蒲州

使持節蒲州諸軍事蒲州

刺史上輕車都尉丹楊縣開國侯

真卿以清酌庶羞祭於

[图 4-5]
《祭侄文稿》卷（局部），唐，颜真
台北故宫博物院 藏

这是一篇椎心泣血的文稿，文字包含着一些极度悲痛的东西，假如我们的知觉系统还没有变得迟钝，那么它的字字句句，都会刺痛我们的心脏。在这种极度悲痛的驱使下，颜真卿手中的笔，几乎变成了一匹野马，在旷野上义无反顾地狂奔，所有的荆丛，所有的陷阱，全都不在乎了。他的每一次蘸墨，写下的字迹越来越长，枯笔、涂改也越来越多，以至于到了"父陷子死，巢倾卵覆"之后，他连续书写了接近六行，看得出他伤痛的心情已经不可遏制，这个段落也是整个《祭侄文稿》中书写最长的一次，虽然笔画越来越细，甚至在涂改处加写了一行小字 [图 4-5]，却包含着雷霆般的力道，虚如轻烟，实如巨山。

九

《祭侄文稿》里，有对青春与生命的怀悼，有对山河破碎的慨叹，有对战争狂徒的诅咒，它的情绪，是那么复杂，复杂到了不允许颜真卿去考虑他书法的"美"，而只要他内心情感的倾泻。因此他书写了中国书法史上最复杂的文本，不仅它的情感复杂，连写法都是复杂的，仔细看去，里面不仅有行书，还有楷书和草书，是一个"跨界"的文本。即使行书，也在电光火石间，展现出无穷的变化。有些笔画明显是以笔肚抹出，却无薄、扁、瘦、枯之弊，点画粗细变化悬殊，产生了干湿润燥的强烈

对比效果。

今天的书法家写字，要考虑布局，考虑节奏，考虑笔法，考虑一大堆乱七八糟的东西，像一个演员，在拍摄时总要考虑自己的哪个角度最好看，总之是始终在考虑自己，而不是考虑"角色"。真正杰出的书写者是不考虑别人的目光的，甚至连自己也不考虑。像苏东坡所说，"无意于佳乃佳耳"。王羲之在酒醉之后写出《兰亭序》，颜真卿在巨大的悲痛中写下《祭侄文稿》，这些书帖之所以成为传世杰作，是因为他们书写的时候，他们是忘记了自己，也忘记"书法"这件事的，尤其是这《祭侄文稿》，颜真卿甚至顾不上把它们写得"漂亮"——我们看前几个字：维、乾、元、元、年……看上去并不好看，甚至都有缺点。《祭侄文稿》超出了我们对于一般法书的认知。它不优雅、不规范，甚至不整洁。从整体上看，《祭侄文稿》更是一片狼藉。学校里老师倘看到有学生写这样的书法，一定会呵斥他"埋汰"，勒令他重写。但面对亲人的死，颜真卿不应当是温文尔雅、文质彬彬的。我们感觉到他手在颤抖，眼在流泪。文稿的力度、速度与质感，已经超越了"书法"能够控制的范围。所以它不是"书法"，它是"超书法"——超越我们寻常意义上的书法，超越那些书房里生产出来的、优雅的、"完美"的、没有一丝破损与伤痕的书法。

但它仍然是美的。用孔子名言形容它，就是"从心所欲不逾矩"——它的率性，并不掩盖书法内在的法则。尽管文稿写得那么匆促，但它依然有章法、有节奏、有结构。它行笔的抑扬顿挫，浓淡对比中的呼吸感，以及它连天接地的垂直美学，都是它的魅力来源，只不过它们全部隐在后面，就像武林高手，他的章法、招数，都是隐而不现的，已经变作了他的本能，都化解在他的每一个动作里，出神入化，变幻莫测。《祭侄文稿》看上去没有"章法"，却以气势磅礴的大结构，成就了它不可撼动的庄严。

《祭侄文稿》的美，是一种掺杂了太多复杂因素的美。在它的背后，有狂风，有疾雨，有挣扎，有眼泪，有污秽，有血腥，有在心里窝了那么久、一直吼不出去的那一声长啸。

十

颜真卿不仅仅是作为一个书法家，还是作为一个历史中的英雄、一个信仰坚定的人，写下《祭侄文稿》的。书法史上有名的书法家其实都是"兼职"，都不"专业"，否则他们就沦为了技术性的抄写员——一个被他人使用的工具，而不是一个有独立思想的人。因此，假如有一个"书法史"存在，它也是和"政治史""思想史"混在一起的。以唐朝而论，无论皇帝，还是公卿大臣，大多书法优秀，他们书写，并不是为了出"作品"，而是为了传达思想、表达情感。"天下三大行书"——王羲之《兰亭序》、颜真卿《祭侄文稿》、苏东坡《寒食帖》，都是在某一事件的触发下写成的，都有偶发性，在偶然间，触发、调动了书写者庞大的精神和情感系统，像文学里的意识流，记录下他们的心绪流动。

颜真卿不是用笔在写，而是用心，用他的全部生命在写。他把自己的一生，托付给了他手里的笔，让积压在心头、时时翻搅的那些难言的情愫，都通过笔得到了表达。

语言的效用是有限的，越是复杂的情感，语言越是难以表达，但语言无法表达的东西，古人都交给了书法。书法要借助文字，也借助语言，但书法又是超越文字，超越语言的，书法不只是书法，书法也是绘画、是音乐、是建筑——几乎是所有艺术的总和。书法的价值是不可比拟的，在我看来（或许，在古人眼中亦如是），书法是一切艺术中核心的，也是最高级的形式，甚至于，它根本就不是什么艺术，它就是生命本身。

就此可以理解，弘一法师李叔同，最早将西方油画、钢琴、话剧等引入国内，且以擅书法、工诗词、通丹青、达音律、精金石、善演艺而驰名于世，近代文艺领域几乎无不涉足，身为中国近现代艺术史上的全能型选手、夏丏尊眼中的"翩翩之佳公子""多才之艺人"，遁入空门之后，所有的艺术活动都渐渐禁绝，唯有书法不肯舍弃。他的书法朴拙中见风骨，以无态备万态，将儒家的谦恭、道家的自然、释家的静穆融汇在他的笔墨中，使他的书法犹如浑金璞玉，清凉超尘，精严净妙，闲雅冲逸。连一向挑剔的鲁迅，在面对他的书法时，都忍不住惊呼："朴拙圆满，浑若天成。得李师手书，幸甚！"他圆寂的时候，应当是不著一字的，在我看来，那才算得上真正的潇洒，真正的"空"，但他还是写了，"悲欣交集"四个字，容纳了他一生的情感。由此我们可以知道，在李叔同的心里，书法在他的心里占据着多么不可撼动的位置，最能表达他心底最复杂情感的，只有书法，在他眼里，书法是艺术中最大的艺术。

当然，只有汉字能够成就这样高级的艺术，拉丁字母不可能形成这样的艺术，这也是西方人很难读懂中国书法，进而很难读懂中国文化的原因。他们手里的笔不是笔，是他心脏、血管、神经的延伸，是他肉身的一部分，因此，他手里的笔不是死物，而是有触感，甚至有痛感的。只有手里的笔，知道书写者心底的爱与仇。

同理，《祭侄文稿》不是一件单纯意义上的书法作品，我说它是"超书法"，是因为书法史空间太小，容不下它；颜真卿也不是以书法家的身份写下《祭侄文稿》的，《祭侄文稿》只是颜真卿平生功业的一部分。正因如此，当安禄山反于范阳，颜真卿或许就觉得，身为朝廷命臣，不挺身而出就是一件可耻的事。

像初唐诗人那样沉浸于风月无边，已经是一种难以企及的梦想，此时的他，必须去超越生与死之间横亘的关隘。

我恍然看见颜真卿写完《祭侄文稿》，站直了身子，风满襟袖，须发皆动，有如风中的一棵老树。

十一

宋代四大书家，个个都是老颜的铁粉。

苏东坡写《寒食帖》，被称为"天下行书第三"，或许正是受了颜真卿《寒食帖》的启发。颜真卿《寒食帖》（浙江省博物馆藏南宋刻《忠义堂帖》拓本），不知写于何年何月，我们看到的，是总计二十字的行书信札：

天气殊未佳，汝定行否？寒食只数日，得且住，为佳耳。

这是真正的"手帖"吧，文字间残留着手指的温度。寒食数日，有朋友将要远行，收到颜真卿递来的一纸信札，说天气不佳，劝说他再住住为好。留，或者不留，其实都不重要了，重要的是来自朋友的一声问候，让远行人的心不再孤单。

苏东坡喜欢颜真卿的，正是他文字里透露出的简单、直率、真诚，说白了，就是不装。苏东坡少时也曾迷恋王羲之，如美国的中国艺术史研究者倪雅梅（Amy McNair）所说，苏东坡的书法风格，就是"建立在王羲之侧锋用笔的方式之上"[30]，这一书写习惯，他几乎一生没有改变。但在晚年，苏东坡却把颜真卿视为儒家文人书法的鼻祖，反复临摹颜真卿的作品（其中，苏东坡临颜真卿《争座位帖》以拓本形式留存至今），甚至承认颜真卿的中锋用笔不仅是"一种正当的书法技巧"，它甚至可以被看作"道德端正的象征"。[31]

米芾也倾倒于颜真卿的行书，在《宝章待访录》中称它"诡异飞动得于意外"。黄庭坚对颜真卿书法的美誉度也极高，说"余极喜颜鲁公书，时时意想为之"，尤其"《祭侄文稿》里所体现出的苍劲的特性和真情流露，恰好符合了黄庭坚对于叛乱时期艺术和文学的想象，而这也正是他在自己的诗歌和书法中所追寻的东西"。[32]蔡襄则花了三十多年的时间研究欧阳修收藏的拓片，其中就有颜真卿的书法拓片。颜真卿的书法光芒，贯注到苏、黄、米、蔡的墨迹里，又通过他们，照耀了整个宋代。

颜真卿的法书（以《祭侄文稿》为代表）在宋代魅力四射，势不可挡，除了技术上的成就，更来源于书写者的精神品格。在宋代，士大夫是看重书写者的精神品格的，唐代书法家柳公权曾对唐穆宗说："用笔在心，心正则笔正"[33]。用今天的话说，就是文如其人、字如其人吧。一个人的精神世界走到哪个高度，他笔下的文字也会到达同样的高度。人和作品，历来不曾脱节。我们说"见字如面"，就是因为一个人的字，完全可以看出一个人的心性，见到字，就宛如见到活人。或许有人提出反证——在书法史上独占鳌头的，不是也有宋徽宗这样的昏君、蔡京这样的佞臣吗？但在我看来，艺术的金字塔，他们都不在塔尖上，因为塔尖的面积很小，只能站立极少数人，更多的人在那儿站不住。一个人能不能站到那个高度上，那最后一厘米的差距，就取决于他的精神品格。只有得到品格的加持，艺术才能获得无边的力量，这不是道德说教，而是艺术史一再申明的事实。艺术不是表演，而是真实性情的流露，就像一个人的神情面貌，透露着他内心的消息，几乎没有办法去掩盖的。书法，就是一个书写者的文化表情。

其实在宋代，苏东坡就对一些名声很大的"书法家"不那么"感冒"，他在《书唐氏六家书后》中说："世之小人，书字虽工，而其神情终有睢盱侧媚之态"。"其俗入骨"四个字，是陈独秀第一次见到沈尹默时对沈尹默书法的评价，但沈尹默后来脱胎换骨了。

连王羲之，在唐宋都已不入某些士大夫的法眼。韩愈在《石鼓歌》中直言"羲之俗书趁姿媚"[34]，欧阳修在《集古录》中也表达过对王羲之书风的不满。其实王羲之的《兰亭序》也有许多涂抹，书写也很自然，但在一些宋代艺术家眼里，王羲之的书法太雅、太巧、太飘逸、太流丽、太有表现欲、太无可挑剔，因而它是庸俗的。相比之下，颜真卿的《祭侄文稿》是朴素的，甚至是笨拙的，没有经营，没有算计，在疾速书写中，甚至都没来得及对笔画进行艺术化处理，它不是作为"作品"来完成的，而充其量只是"一篇葬礼上用的草拟的发言稿""一张记录文字和涂改痕迹的纸张而已"，[35] 却因此获得了一种浑然天成的美，而不是人工（所谓"巧夺天工"）的美。在儒家知识分子看来，艺术作品的力量感，正是来自这种不加修饰的朴拙与真挚。

这与宋代儒学的回归有关（儒家崇尚朴素），也与宋代中国不断受到外族入侵所激发出的家国情怀有关，因此，那是一个不喜欢魏晋名士的诗酒浪漫、坐而论道的时代，而是一个崇尚正义、号召行动的时代。唐代颜真卿、宋代岳飞、文天祥的书法，就在这样的背景下被赋予了神圣的意义。这或许是一种倒推——以他们的生命结局（为国牺牲）反推他们的书法创作，或许是在艺术之外寻找道德的附加值，但无论怎样，我想这些都不是一种道德绑架，而是在精神深处寻找艺术的驱动力，即：一个人的作品，与他的思想、信仰、道德、情感密切关联的，哪怕是一星半点的作假，都会在艺术中露出马脚。颜真卿是一位神殿级的艺术家，他的每一个字，都仿佛写在正义的纪念碑上。

通过对颜真卿的追捧，我看到历史书写者透过艺术来构建正义与良知的努力。

此时在我心底涌起的，只有诗人北岛那两行著名的诗句：

> 卑鄙是卑鄙者的通行证
>
> 高尚是高尚者的墓志铭

十二

安禄山安庆绪父子、史思明史朝义父子，一个一个地死去了，而且宿命般地，都死在自己人手中。

安禄山是在夜晚被杀死的。杀人者，他的亲儿子安庆绪也。

严格地说，直接动手的，是阉官李猪儿，安庆绪只负责持刀在帐外望风。

刺杀安禄山的原因是，安禄山和宠妾段氏生了一个儿子叫安庆恩，段氏时时劝说安禄山剥夺安庆绪的太子地位，立安庆恩为太子。安庆绪觉得自己有性命之忧。

李猪儿和安庆绪有同感，因为他虽是安禄山的近宦，但安禄山喜怒无常，经常殴打他，说不定哪一天就会把他打死。

李猪儿是在夜里偷入他的帐内的。或许因为李猪儿长期给安禄山解衣系衣，对安禄山的肚子感到比较亲切，于是选择安禄山的肚子最先下刀。但肚子不是要害，加上安禄山的肚子容量比较大，肚皮与内脏的距离较远，一刀捅不死，李猪儿就在安禄山的肚子上左一刀右一刀地猛戳，捅得安禄山嗷嗷直叫，直到安禄山的肠子喷薄而出，把床褥弄得很脏，安禄山还没死。那时安禄山双目已经失明（可能是白内障），仓皇中伸手向枕下摸去，在那里，他一直藏着一把刀，但那一刻，刀却不见了，他大呼一声："是我家贼！"然后手一松，咽气了。

那一年，是至德二年（公元 757 年）正月，距离安禄山起兵造反，只过去了一年多。

两年后，安庆绪被史思明杀了。

又过两年，史思明被自己的儿子史朝义杀了。

再过两年，唐代宗宝应二年（公元 763 年），在唐军的强大攻势下，史朝义走投无路，在广阳郡[36]温泉栅的树林里自挂东南枝，上吊死了，他的部将、范阳节度使李怀仙将他的首级和范阳城献给朝廷，表示归顺。

"安史之乱"就这样结束了，但死亡还在继续。安禄山、史思明打开了潘多拉的盒子，使唐朝的藩镇问题不仅长期存在，而且愈演愈烈。唐德宗建中四年（公元 783 年），安禄山的余党李希烈（曾任安禄山政权"宰相"一职）就已坐大，唐德宗李适坐不住了，接受宰相卢杞的建议，派颜真卿前往许州劝降李希烈。颜真卿明知这是卢杞借刀杀人，他前往许州的旅程定然是有去无回，却没有丝毫的推辞。连他的好友李勉派人在他前往汝州的途中拦截，都挡不住他。果然，李希烈把颜真卿关押起来。第二年，李希烈攻下汴州，准备称帝，向颜真卿打听皇帝登基礼仪，被颜真卿臭骂一顿，恼羞成怒，架起干柴准备烧死颜真卿，没想到颜真卿自己走向熊熊火焰。

赴汤蹈火，他做到了。

那一次，他没死。不是叛军把他吓住了，而是他把叛军吓住了。

李希烈派来的使臣惊恐万状地把他拦住。

贞元元年（公元 785 年），颜真卿被带到蔡州[37]，写下平生最后一件书法作品《移蔡帖》，全文如下：

> 贞元元年正月五日，真卿自汝移蔡，天也。天之昭明，其可诬乎？有唐之德，则不朽耳。十九日书。

这年夏天，颜真卿被缢杀于蔡州龙兴寺，享年七十七岁。

那时，他不会知道，他的《祭侄文稿》，去了哪里。

他咽下最后一口气时，《祭侄文稿》已像一枚枯叶，越飘越远，一直飘到他手指无法触及的远方。

第五章

吃鱼的文化学

一张便笺、一声问候、都以草书来涂抹、

挥洒，成就了中国人特有的手帖美学。

最能代表怀素法书性格的，我以为是《食鱼帖》[图5-1]。
这帖现在是私人收藏，我看到的，只是印刷品。

几十年前，黄裳先生就从书店里购得了一帧印刷的《食鱼帖》，
洋洋自得地记道："这两天天气很好，是江南最好的秋日。出去闲走，
在书店里买得文物出版社新刊的唐怀素《食鱼帖》真迹，非常高兴。
这帖只不过草书八行，五十六字。字写得好，文字尤为有趣。"[1]

《食鱼帖》是这样写的：

　　老僧在长沙食鱼，及来长安城中，多食肉，又为常流
所笑，深为不便，故久病，不能多书，实疏。还报诸君，
钦兴善之会，当得扶羸也。

　　九日，怀素藏真白。

[图 5-1]

《食鱼帖》卷，唐，怀素

私人收藏

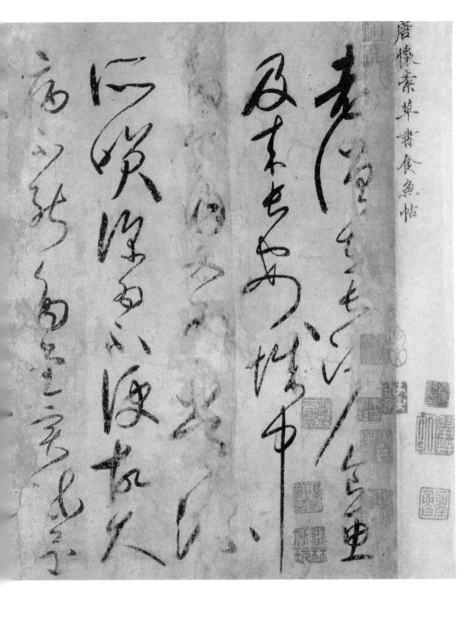

怀素幼时出家，"老僧"，是指他自己。在长沙的时候，他是吃鱼的，后来到了长安城，没有鱼吃，就只能吃肉了。僧人吃肉，被凡庸之人耻笑，心里实在不爽，时间一久，就生了病。生了病，吃不了啥美味，所以要告诉诸君，想要开心的饭局，还得等病好之后吧。

这《食鱼帖》里的怀素，多么的贪吃，多么的肉欲，多么的坦诚，多么的可爱，没有一点点伪饰，看上去一点儿也不"素"。食鱼的小小欢乐，永远停留在纸上。这《食鱼帖》，一直是历代文人喜爱的。黄裳先生说：

"怀素是坦率的，他公开承认常常吃肉，白纸黑字，不怕被人抓住小辫子，以触犯佛门清规戒律的罪名揪出来批斗，是很可爱的。在这位老僧看来，和尚戒荤酒这种条条，根本就是骗人的鬼话。殊不值得认真对待。"[2]

临《食鱼帖》，写着写着就馋了，好像嗅到了鱼、肉的香味。

二

鱼没吃好，肚子就痛了。怀素的《食鱼帖》，总让我想到张旭的《肚痛帖》。

张旭是李白的朋友，杜甫《饮中八仙歌》(又称《八仙歌》)，李白和张旭都被列为"饮中八仙"。安史之乱中，二人还在溧阳相遇，还曾在酒楼上一叙。《饮中八仙歌》这样写张旭：

张旭三杯草圣传，

脱帽露顶王公前，

挥毫落纸如云烟。[3]

说张旭酒饮三杯，即挥毫作书，时人称为"草圣"。他不拘小节，即使在王公贵族前也脱帽露顶，挥毫落笔，却如云如烟。不只是杜甫这样写，李颀在《赠张旭》中也写："露顶据胡床，长叫三五声。兴来洒素壁，挥笔如流星。"不仅不戴帽子，露出脑瓜顶，在挥笔作书时，还要长叫个三五声，有一点儿神经兮兮。有时候发起"神经"来，甚至干脆拿自己的脑袋当毛笔，蘸墨在墙上"奋笔疾书"。无论墙壁、屏风，只要他看见一片空白，都会用自己的字去填补，恍惚间，如见大小龙蛇，乘云而起，风雨云雾，变幻迷离。等他醒了，看到自己的手迹，以为那是神仙留下的字迹，连他自己都觉得不可思议。

张旭的《肚痛帖》没有纸本留下来，宋嘉祐三年（公元1058年）曾被摹刻上石，现在西安碑林博物馆收藏的石刻，是明代重刻的。

《肚痛帖》是这么写的：

忽肚痛不可堪，不知是冷热所致，欲服大黄汤，冷热俱有益。如何为计，非临床。

从《肚痛帖》［图5-2］的笔迹可以看出，张旭写此帖时，把毛笔蘸饱了墨汁，一笔写数字，至墨竭时再蘸一笔，以保持字与字之间的气脉贯通，还可以控制笔的粗细轻重变化，使整幅作品气韵生成，有一种"神虬出霄汉，夏云出嵩华"的气势。

《肚痛帖》开头的三个字，写得还比较规正，字与字之间互不连接，从第四字开始，便每行一笔到底，上下映带，缠绵相连，越写越快，越写越狂，越写越奇，意象迭出，"癫味"十足。区区三十字，在粗与细、轻与重、虚与实、断与连、疏与密、开与合、狂与正之间回环往复。这种大开大合，如天地万物生机勃勃，如风云气象波谲云诡。

三

怀素也是李白的朋友，李白晚年到怀素的老家湖南零陵，写下一首《草书歌行》。诗中如此描述怀素写字时的神态：

飘风骤雨惊飒飒，
落花飞雪何茫茫。

肚痛不可忍

張旭書

忽肚痛不可堪 不知是冷熱所 致欲服大黄湯

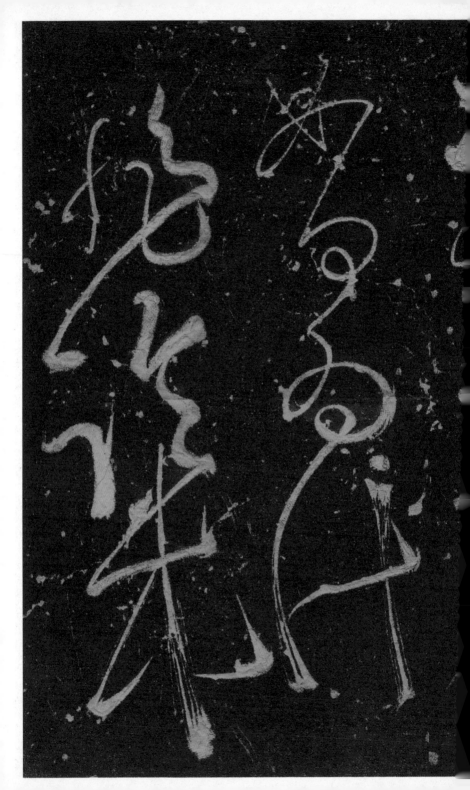

起来向壁不停手，

一行数字大如斗。

怳怳如闻神鬼惊，

时时只见龙蛇走。

左盘右蹙如惊电，

状同楚汉相攻战……[4]

怀素是唐朝继张旭之后的第二位狂草大师，无独有偶，他也很"癫"很"狂"。释适之《金壶记》描述他："嗜酒以养性，草书以畅志。凡一日九醉，时人谓之'醉僧书'。"一日九醉，确实有些过分，这一天除了醉酒，什么事都没干，但他们写字，只有醉酒时能写，而且见到什么就在什么上面写。陆羽《怀素别传》说他"疏放不拘细行，时酒酣兴发，遇寺壁里墙、衣裳、器皿，靡不书之"。

怀素写字，连寺壁、衣裳、器皿都不放过，比张旭还要"变态"。陆羽还说他"贫无纸可书，尝于故里种芭蕉万余株，以供挥洒"[5]。

"颠张醉素"，日子都过得贫苦，或者说，他们根本无意于物质生活的丰赡。李颀在《赠张旭》中也写他"下舍风萧条，寒草满户庭"。陋室寒舍，荒草凄凄，他住的地方，着实不怎么样。但盛唐的人有福了，因为张旭、怀素两大书家，在墙上书，

[图5-3]

《古诗四帖》卷，唐，张旭

辽宁省博物馆 藏

在衣上书，在器上书，甚至在芭蕉的叶子上书，随处扯下一页，就是他们的"真迹"。

只是这些"国宝"，如今都消失在历史的云烟中了，我们今天无缘再见到了。黄庭坚说："张长史行草帖，多出于赝作。人闻张颠，未尝见其笔墨。"黄庭坚所处的宋代，张旭书法尚且寥落无存，何况今天。

他们落在纸上，穿过千年风雪留存到今天的纸本墨迹，只有张旭的《古诗四帖》（辽宁省博物馆藏，为张旭存世法书孤本）[图5-3]，怀素的《自叙帖》（台北故宫博物院藏）[图5-4][6]、《苦笋帖》（上海博物馆藏）、《论书帖》（辽宁省博物馆藏）、《食鱼帖》（私人收藏）、《小草千字文》（台北故宫博物院藏）等，屈指可数。

《食鱼帖》是有纸本墨迹留下来的，原本是山东潍坊丁氏家族收藏，后来丁家迁至青岛，赶上"文革"抄家，就把这"传家宝"抄到了青岛博物馆。20世纪70年代末，故宫博物院徐邦

达先生从青岛博物院"未清理好的"一堆物品中意外发现了它，[7]恰若无意中捞到了一条大鱼。后来落实政策，《食鱼帖》被归还给丁氏家族。

徐邦达先生在《古书画过眼要录》中说，《食鱼帖》笔画稍嫌滞涩，枯笔中见有徐徐补描之迹，并非怀素真迹，而应是他人半临半摹之本，但勾摹技巧高超，所见只有唐摹《万岁通天帖》（辽宁省博物馆藏）能与之相比，结体笔画也保持着怀素书法的面目，这样的早期摹本与真迹有同等重要的学术价值。

与《自叙帖》的激越飞扬比起来，《食鱼帖》的笔调已经平和稳健了许多，但仍然保留着怀素随意、洒脱的个性，好似兴之所至的涂抹，而不是什么"创作"。所以苏东坡说他："其为人倜傥，本不求工，所以能工如此。如没人操舟，无意于济否，是以覆却万变，而举止自若，近于有道者耶？今观此帖，有食鱼、食肉之语，盖倜傥者也。"

肚子痛了，或者吃一条鱼，这样的寻常事，都要写一张"帖"，

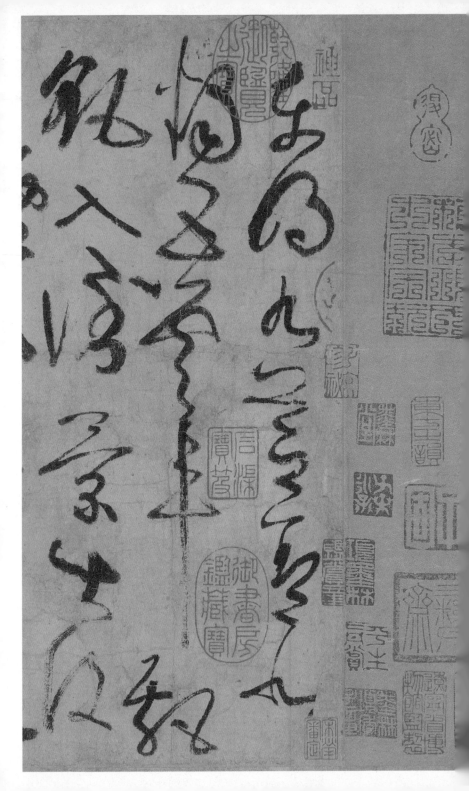

可见他们的天性的烂漫，信笔随心，浑然天成。

相对于正襟危坐、端庄锦绣的楷书，这样的内容、这样的写法，都有些"出格"。

而书法，本应是这真实性情的表露，就像他不讳言自己食鱼、食肉一样。

四

到唐代，书法已经从大篆、小篆花纹般卷曲的线条里走出来，也从水平伸展、开阔雄健的汉隶里走出来，形成了一种更加均衡、对称、方正的美学形态，如欧阳询所说："四面停匀，八边俱备。短长合度，粗细折中。"[8] 楷书（也叫真书、正书），出现了。

楷，是楷模，是样本，是规律，是标准。

书写原本是出于实用，后来才逐渐拥有了美的形体，成为一种"美的自觉"。王羲之的书法，最能代表这种"美的自觉"。唐朝人把这种自觉升华，从汉字中发现了美的规律，总结出美的公式。美，也是可以有规律、有公式的。它把复杂多变的汉字书写变得简单易行。我们小学生练习写字，都是颜、柳、欧、赵开始，起笔收笔、间架结构，像勾股定理一样，有章法可循。

美是有规律、有公式的，也因此可以掌握和复制。

唐代书法的第一个创制者，是欧阳询。

[图 5-4]

《自叙帖》卷（局部），唐，怀素

台北故宫博物院 藏

第五章   吃鱼的文化学   189

颜、柳、欧、赵，被奉为楷书四大家，如果按生辰排序，欧阳询在前，出生于 557 年，颜真卿出生于 709 年，柳公权出生于 778 年，赵孟頫是元朝人，出生于 1254 年，我在《故宫的古物之美 2》里写过他，这里就省略了。

欧阳询和虞世南都出生于南北朝，由隋入唐，欧阳询比虞世南年长一岁。他们在唐朝生活的时间，都只占他们生命的四分之一，但这四分之一，却是他们书法创作的辉煌时期。他们的书法，都是从王羲之书法里脱胎出来的，其中欧阳询渐渐变体，虞世南则一生恪守王羲之，不离不弃。

蒋勋先生说："欧阳询书法森严法度中的规矩，建立在一丝不苟的理性中。严格的中轴线，严格的起笔与收笔，严格的横平与竖直，使人好奇：这样绝对严格的线条结构从何而来？"还说："欧阳询的墨迹本特别看得出笔势夹紧的张力，而他每一笔到结尾，笔锋都没有丝毫随意，不向外放，却常向内收。看来潇洒的字形，细看时却笔笔都是控制中的线条，没有王羲之的自在随兴、云淡风轻。"[9]

欧阳询的纸本墨迹，北京故宫博物院有《卜商读书帖》[图 5-5]、《张翰帖》。此二帖都是行书，却可见楷书一般的控制力，像衣冠齐整、行为有度、言语得体的正人君子。

他们的楷书，为大唐书法带来了庄严与法度。

何為乎書商曰丰

論事眇，如日月之代明，雖

雜如冬辰之錯行，商所

夫子白志之扵心，弗敢忘

也

　　除了唐楷，唐代城市规划、佛教造像，乃至格律诗（五言诗与七言诗）中，处处见证着规则的存在。

　　这些，都是由唐朝的"大一统"性格带来的，秦汉以来，这还是第一个正儿八经的"大一统"的王朝。隋朝太短，只有三十八年，只是一个历史的过渡。

　　但这只是唐朝的一面，它的另一面，就是它的开放、热烈、昂扬、多变。这一点，我在《纸上的李白》里写了。所有的"紧箍咒"，其实都管束不住上天入地、大闹天宫的孙猴子。一如唐诗，平仄分明，格律谨严，却束缚不住"黄河之水天上来"的浩荡与烂漫。

五

　　怀素食鱼吃肉，那样的"自由散漫"，不守"纪律"，来自他个性的放达、怪诞、万事不吝，但背后还有一个文化的推手，就是禅宗在唐以后的普及与流行。作为汉传佛教宗派之一，禅宗是在中晚唐之后成为主流的。禅宗的修行，讲究不立文字，见性成佛，摒弃了繁复的程序与形式感，因此更灵活机动，更信手拈来。

　　唐末至五代后梁时期的僧人契此，到《高僧传》里，成了布袋和尚——他蹙额大腹，出语无定，随处寝卧，形如疯癫，却法力无边，"示人吉凶，必应期无忒"。《补续高僧传》里还记录南宋有一位道济和尚："饮酒食肉，与市井浮沉。喜打筋斗，不着裤，形媒露，人讪笑之，自视夷然。"

在禅宗那里，饮酒食肉，喜打筋斗，随处寝卧，出语无定，这些行为不仅不犯"忌"，反而成为一种时尚，因为这些天真懵懂、如痴如醉、不守"规矩"的行为，都在表明他们戒绝了尘世的欲望，摒弃了人间的诱惑，而保持着超脱通透、自由自在的处世态度。由此可知，像怀素那样食鱼食肉、不守成规的僧人，在那个年代，可以抓出一大把。

我想起《红楼梦》里，林黛玉说到癞头和尚："疯疯癫癫，说了这些不经之谈，也没人理他。"[10]我想，怀素差不多就是这样的一副尊容。但对这副尊容，李白并不嫌弃。他在《草书歌行》里写："古来万事贵天生，何必要公孙大娘浑脱舞"[11]。李白看重的就是这副不加修饰的天性，在他看来，书写者没有必要像张旭那样，一本正经地，从公孙大娘舞剑中寻找创作的灵感。

食鱼吃肉的那种自由散漫，挑战着宗教的清规戒律。这样的"特立独行"，来自禅宗的启迪。这种启迪，不仅影响到他们的行为，也带来了书法的变迁。书法艺术在唐宋之际有一个大的跨越，与禅宗在那个时代的传播、盛行分不开。怀素、苏东坡这些书家，无不浸淫佛教（尤其是禅宗）的思想中。外来的佛教，通过禅宗，与中国本土的老庄思想达成了深度的契合，形成了一种追求生命自觉和精神境界的文化理想，贯穿于禅宗心性学说、文化思想的本质内容可以总结为：自然——内在——超越。

禅宗主张"顿悟"，即所谓的"一念成佛"，不看重教义、仪式这些外在的力量，在"颠张醉素"看来，自我控制反而成为创造伟大艺术的阻碍，自然、天真才应该成为书法家的追求。宋代苏东坡延续了这样的传统，认为"法"的彻底内在化，要求学习者忘却了自己的艺术，也忘却了自己对完美的追求的时刻。他们并不否认"法"的价值，他们的艺术创造，也都经历过刻苦的磨炼，他们的根基，都是扎得很深的。像怀素，在木板、芭蕉叶上练字，"如果没有他孤寂于深山古寺，埋首于托盘、木板、蕉林里的沉默，就一定没有他走出深山古寺的狂放与喧哗"[12]。苏东坡学习过王羲之，也苦练过颜真卿、杨凝式[13]，米芾就曾在苏东坡的书房里见到过两大袋练字的草纸[14]，但在苏东坡看来，这只是"知"的层面，不是"行"的层面。这样写出的书法是来自别人的，而不是来自书写者自身。所以学习的过程，也是忘却的过程，只有从规则中摆脱出来，将规则忘掉（苏东坡称之为"相忘之至"），才能"出新意于法度中，寄妙理于豪放外"。用佛教的语言来说，是"心语道断，心行处灭"。只有当他发现真正束缚自己的力量乃是他内心的欲望，哪怕欲望的对象是解脱，他才会真正领悟自然的创造力（也可以称天道或佛法）。这最终的领悟，必然是顿悟。[15]

在一个夏日黄昏，怀素看到天上的流云，心里像被什么击中了，就像禅宗的"顿悟"，一下子悟出了书法三昧。从此，那波动的云影化作线条在他手帖里流走，忽明忽暗的山光宛如笔墨的干湿浓淡。

《宣和书谱》形容他的字：

"字字飞动，圆转之妙，宛若有神。"

六

草书的随意与散漫，使它更方便使用，也更与生活相贴近。一张便笺、一声问候，都以草书来涂抹、挥洒，成就了中国人特有的手帖美学。它既是艺术的美，也是生活的美，更是性情的美，像王徽之（王羲之第五子）《新月帖》（唐摹本藏辽宁省博物馆，《万岁通天帖》之一）所写："雨湿热，复何似？ 食不？""食不"，就是"吃了吗？ "那么平易，那么随和，那么轻松，却如雪泥，如鸿爪，让我们感动。那才是生活的本色，那才是生命的底色。每个人的存在，都是微小而具体的，像风一样，无始无终，却挟带着一股更加真实和强劲的命运感。与轰轰烈烈的传奇相比，它们更接近我们生存的本质。

我想起帕慕克的话："在我们的一生中，会发生成千上万件被忽略的小事，只有文字才能让我们意识到它们的存在。"[16] 现在，这些书法家的文字，让我们看见了它们的存在，看见了他们的生活、日子、好恶、性情。

从那些帖上，我还听见了那些伟大艺术家的窃窃私语。它们太平凡、太家常，以至于不同朝代、不同的"手帖"，完全可以建立起对话关系——王徽之问："食不？"王羲之在《寒切帖》（唐代勾填本现藏天津博物馆）里答："吾食至少，劣劣。"张旭接道："忽肚痛……"怀素又说："老僧在长沙食鱼……"

或许，正是因为有了向张旭求教的机会，才让颜真卿开了悟，使得写出一手庄严楷书的他，在遭遇大悲大痛时（如王羲之《丧乱帖》所说的，"痛贯心肝，痛当奈何奈何"；又如《频有哀祸帖》所说，"悲摧切割，不能自胜"），终于浑然忘我，恣意宣泄，写出酣畅淋漓的行草《祭侄文稿》。

除了颜真卿的刻苦与悟性，《祭侄文稿》更来自命运的机缘，来自时代的赐予，来自艺术的神秘性，甚至来自"天意"。亲人骨肉涂炭，那种无法抑制的痛苦与痉挛，于个人而言，是大不幸；于书法家而言，反而成了大"机遇"。

总结一下，在唐代艺术中，存在着两种截然相反的运动：

一种以欧阳询、虞世南、颜真卿的楷书为代表，它是庄重的、谨严的、理性的、庙堂的、有权威的、入世的、正义的、道德主义的、笑不露齿的、适用于纪念碑的。

还有一种以张旭、怀素的草书为代表，它是随意的、潇洒的、感性的、出世的、游戏的、发自天性的、才高气逸的、不拘形骸的、泼皮耍赖的、变化无穷的，甚至是神秘、不可解的。

楷书是标准，是规范，是普遍接受的美，是美的"平均数"，或者说"最大公约数"；草书则是自我的、个性化的、独家的、不可替代的，是美的"最小公倍数"。

楷书可以搞"群众运动"，比如"书法大赛"一类，因为它有"规"可循，有"矩"可蹈；草书则不那么容易立分高下，即使分出，也是更多依赖直觉、主观，而没有太多的"客观标准"可讲，如天宝二年（公元 743 年）颜真卿向张旭求教时，张旭对颜真卿所说"笔法玄微，难妄传授，非志士高人，讵可与言要妙也"[17]，很像老子所说的，"道可道，非常道"。

楷书整齐有序，可以刻在碑上，写在"文件"里，而草书不能，甚至于许多草书，由于太个性、太散漫，大多数人都无法直接看"懂"，需要"翻译"，才知道写的是什么。楷书越是强调理性，草书就越是彰显它创作上的神秘性、不可解性，连张旭，都不知道自己的字是从哪里来的，怎么教呢？

因此，楷书的美是可控的、计划内的，或者说，因为这份控制，才成就了它的美；草书则恰恰相反，它的美是计划外的，有不可预期性，它的美，美在"意外"。

要挑战法书的极限，他们就要从癫狂、从迷醉里、从"反者道之动"里、从随机偶然里找到艺术的"突破点"，而这一切，都需要酒来推波助澜。诚如论者所言："饮酒可以帮助诗人墨客放松意识的自我控制，陷入忘境，让他借意识的黄昏挥洒成文。这意味着饮酒也被用为接近艺术的自然创造力境界的'方便法门'。在《浊醪有妙理赋》里，苏轼把饮醉描写为'坐忘'，也就是《庄子·大宗师》里颜回所谓的'堕肢体，黜聪明，离形去知，同于大通'的状态。这样一种状态代表着精神修炼的最高境界，是物我两忘、自我与外物之间不再存在二元对立的境界。"[18]

七

唐代有颠张，有醉素，是因为唐代还有欧阳询、虞世南，他们是一枚硬币的两面，一个池子里的鱼虾，看上去风马牛不相及，其实是彼此相依，少了一面，另一面也就不存在了。

我在《纸上的李白》里说，唐代文化是一个多元的互动体。有了这些"元"，才有交往、交叉、交流，有了"互"，才能"动"，才有原子与原子的碰撞，分子与分子的"聚变"。少了任何一"元"，没有了"互"，自然就"动"不起来了。

所以，唐代有杜甫，就有李白；有恪守格律的近体诗，就有不羁于格律的古体诗；有现实主义，就有浪漫主义；有欧阳询、虞世南，就有张旭、怀素；有法度建设，就有恣意挥洒；有崇高，就有"躲避崇高"。

颜、柳、欧的字是属于庙堂的，代表大唐的庄严与崇高，颜真卿《祭侄文稿》则是那崇高的顶点，代表着无瑕的道德、无私的奉献与牺牲。如同我在《血色文稿》里所写的，这种崇高，在那样一个豺狼当道、虎豹横行的时代里，绝对是需要的，为那个欲望横行、信仰缺失的时代提供精神的养分，树立了一个至高无上的榜样。

但这种崇高，这种道德完美主义，同样可以被豺狼、虎豹、野心家利用。对于颜真卿式的崇高的推崇，让他们懂得了用崇高来给自己贴金。他们披上崇高的外衣，再涂上道德完美主义的口红，就可以行走江湖、妖言惑众了，让人民大众分不清，谁是李逵、谁是李鬼，谁是颜真卿、谁是颜假卿，谁是甄士隐、谁是贾雨村。所以才有了李白的"人生在世不称意，明朝散发弄扁舟"[19]，也有了张旭、怀素的或颠或醉，"飘然不群"。

其实他们反对的不是崇高，是伪崇高。他们不愿意披庙堂外衣，涂道德口红，所以他们装傻充愣，才有了石破天惊的意义，他们从"疯癫"里，从"随便"里，从寻常里，甚至从游戏里，找到了快乐，找到了意义，找到了真实，找到了自我。

肚子痛的张旭、吃不上鱼的怀素或许都没想到，他们兴之所至的话语、信手拈来的手帖，都会成为流传千年的经典。

或许正因兴之所至、信手拈来，才反而成了经典。

假如说颜真卿是那个时代里最可敬的人，那么张旭、怀素之流，就是那个时代里最可爱、最好玩的人，他们成就了唐朝艺术中最生动活泼、有声有色、烂漫纷飞的那部分。他们是酒鬼、妄想狂、"现代派"，唯独不是"无厘头"。至少在李白眼里，他们都是美的，就像《红楼梦》里的一僧一道（癞头和尚和跛足道人），表面上"那僧则癞头跣脚，那道则跛足蓬头"[20]，实际上，他们一出场就"骨格不凡，丰神迥异⋯⋯"[21]

唐朝的艺术，从哪个角度看，都很高大上，亦庄亦谐，东成西就，皆成大师。它的基调已经定在那里，想烂也烂不到哪去。它也因此成为后人仰望的纪念碑，成为一座永恒的神殿。

八

关于吃鱼的事情就写到这里，有点把事说大了。

其实，鱼就是鱼，食鱼就是食鱼。那么多的宏大意义，"怀老"

未必顾得上。

"怀老"最关心的事情只是：等身体一好，就又可以开宴啦。

我的困惑在于：等他老人家饭局重开，他是该吃鱼呢，还是该吃肉呢？

我们可看的，只有这一纸《食鱼帖》，前不着村，后不着店，没有上下文，像一座语言的孤岛。

不知道他后来都吃了些啥。

舌尖上的唐朝，是多么诱人的唐朝。

我猜想，他一定会摸摸胡子，思忖着：鱼我所欲也，熊掌亦我所欲也……

第六章

蔡襄以及蔡京

好的书法和最好的书法，还是可以在毫厘之间，辨出高下。

一

庆历四年（公元1044年）秋，蔡襄把十二年前"李宸妃墓铭"的陈年旧账翻出来，上疏弹劾宰相晏殊。

李宸妃是宋真宗的妃子、宋仁宗的亲妈，但宋仁宗直到青春期当上皇帝，都不知道自己的亲妈是李宸妃，而是一直把宋真宗的第三位皇后——刘皇后当作自己的亲妈。宋代宫廷史中这段惊心动魄的历史早就被写成了小说，收进了清代光绪年间北京文雅斋书坊木版刻本《三侠五义》一书中。

读中学时，我总是放下枯涩冷血的教科书，去父亲的书柜里搜寻那些有温度的书。在我眼里，关于历史的书，就应该是有温度的书，不管它们是正史，还是小说。翻开《三侠五义》，第一回就是：

设阴谋临产换太子

奋侠义替死救皇娘

这一下子就把我带进了这段历史，躲都躲不开。后来有人把它改编成京剧，名为《狸猫换太子》，把这段历史又演绎一遍。

现在，时隔三十多年，我再度翻开那本清代石玉昆著、广东人民出版社 1980 年出版、辽宁人民出版社重印的《三侠五义》，微黄的纸页，把我带回了恍惚的少年时光，也带进了宋仁宗的少年时光。小说中写，刘妃与李妃同时怀孕，宋真宗于是允诺，谁先生下皇子，谁就被立为正宫。由此，二妃之间展开了一场"生产竞赛"，看谁先生下皇子，并能立为太子。刘妃心狠手毒，设计陷害李妃，这场竞赛也演变成了一场不公平竞争。李妃产子在先，刘妃就派人把她的儿子偷偷抱走，换上一只被剥了皮，血淋淋、油光光的狸猫。宋真宗闻之变色，认为李妃生下妖孽，把李妃打入冷宫。而刘妃生下皇子后，则被立为正宫。没想到刘妃生的皇子活到六岁就夭折了，李妃生的皇子则被八千岁救下，抚养成人，后来在包拯的帮助下，与双目失明的生母李妃相认，并最终继承了大统，就是宋仁宗。

历史的真实与小说相去不远，只是那只血赤呼啦的狸猫并不存在，刘妃（那时已被册立为皇后）派人偷走了李妃生的皇子却是千真万确。刘皇后侵吞了别人的劳动成果，冒充皇子的亲娘，把孩子养大，自己则当上了皇后，后来又当上了太后，而真正的生母李妃，则在宫中度过了凄清的一生，在四十六岁上，含悲去世了。

宋仁宗曾对刘太后无限崇拜，无限热爱，无限依赖，但她却是谋害自己生母的罪魁祸首。刘太后死时，他还哭了好几天，没想到哭错了妈，这着实让宋仁宗的"三观"经历了不小的震荡。这世界上的善与恶、是与非，往往不像它表现的那样泾渭分明，一眼可辨。这让他走向怀疑论，对自己、对身边人、对世界都充满怀疑，变得瞻前顾后，优柔寡断，多疑善变，没准主意。曾巩说他："宽仁慈恕，虚心纳谏，慎注措，谨规矩"[1]；蔡襄更直接地说："宽仁而不能决断"。

宋仁宗是宋代在位时间最长的一位皇帝，长达四十二年的在位时间，让这种游移不定的性格有了充分的施展机会，也使王朝政治呈现出"乱花渐欲迷人眼"的效果。仅他一生所用年号，就更换了许多次，有天圣、明道、景祐、宝元、康定、庆历、皇祐、至和、嘉祐等，应该是宋代年号最多的皇帝。朝廷的大小官员们被这些变幻不定的年号裹挟着，经历着颠簸不定的命运。

二

说起来蔡襄还是晏殊的门生，天圣五年（公元 1027 年），蔡襄参加"高考"，主考官就是"知礼部贡举"的晏殊。那一届考生中，包括蔡襄、欧阳修、张先在内的二百四十九人并赐进士及第、进士出身、同进士出身，只差一人就二百五了。这二百四十九人中，晏殊最看好的就是蔡襄和欧阳修。

庆历二年（公元 1042 年），吕夷简被罢相，拜集贤殿大学士、同中书门下平章事、兼枢密使的晏殊升任宰相，很快提拔范仲淹为参知政事（副宰相），蔡襄、欧阳修入知谏院担任谏官，同任谏官的，还有王素、余靖二人，史称"庆历四谏"。

欧阳修、王素、余靖入知谏院，蔡襄兴奋之余，写诗曰：

> 御笔新除三谏官，
>
> 喧然朝野竞相欢。
>
> 当年流落丹心在，
>
> 自古忠良得路难。
>
> 必有谟猷裨帝右，
>
> 直须风采动朝端。
>
> 世间万事俱尘土，
>
> 留取功名久远看。[2]

宋代开国之初，立志打造一个文治国家。重用文官，节制武将，这是建朝伊始就做出的制度设计，但是宰相专权咋办？宋仁宗的对策是，提高谏官的地位，对宰相进行制衡，知谏院、御史台，并称"台谏"。在宋代历史中，谏官扮演着重要角色，司马光说："至于台谏之官，天子耳目，所以规朝政之阙失，纠大臣之专恣。"宋代注重文治的重要特点，就在于文人有自由表达意见的空间，而宋仁宗游移不定、缺乏决断力的个性，更加成就了谏官们的伶牙俐齿，给了他们一展身手的机会。像包拯、司马光、欧阳修、范仲淹等都做过谏官。宋仁宗时代，被称为谏官的黄金时代。

这个时代，文化大师辈出，正有赖于这样的自由氛围。他们的个人生涯固然起起落落、坎坎坷坷，几乎没有一个顺顺当当的，却形成前所未有的文化群体，彼此咬合交错，编织成一个庞大的文化网络，差不多每一个人，都有一个无比强大的朋友圈。在这一时期脱颖而出的文学家有张先、柳永、范仲淹、晏殊、司马光、欧阳修、梅尧臣、苏舜钦、王安石、苏洵、苏轼、苏辙、曾巩、黄庭坚、晏几道等，"唐宋八大家"中宋朝的六位，全部在仁宗朝闪亮登场；画家有燕文贵、许道宁、赵昌、文同、郭熙、苏轼、米芾、王诜等；思想家有张载、邵雍、周敦颐、程颐、程颢等；书法家就不说了，他们全都是。

他们几乎人人是官员，个个是领导，甚至不乏中央领导，但不查《宋史》，有谁记得住那些复杂的官名呢？时间隐匿了他们的身份，只剩下文化的光环，亘古常新。时至今日，我们记住的，是他们的绘画书法、诗词文章。像"昨夜西风凋碧树，独上高楼，望尽天涯路"，这是晏殊的；"先天下之忧而忧，后天下之乐而乐"，这是范仲淹的；"寄蜉蝣于天地，渺沧海之一粟"，这是苏东坡的。从个人到国家到宇宙天地，都没逃出他们表述的文字。那段时光，是千古文人最傲然的时期。他们思想与才华的集中迸放，构成了令我们后人引以为傲的传统。宋仁宗执政的那四十二年，是文化浓度极高的四十二年，似乎空气中都弥散着诗的味道。那才是真正的"人类群星闪耀时"，那时的"人类群星"基本上集中在中国的北宋，而且大部分挤在汴京、洛阳这两座城里。苏东坡说："仁宗皇帝在位四十二年，搜揽天下豪杰，不可胜数"[3]。直至今日，还有许多人想到 11 世纪的这两座大城市旅旅游。我很羡慕宋仁宗，因为他的世界里有着这么多的大师；我也很可怜宋仁宗，因为九百多年后，当年他手下的这班人马都比他的名气大，几乎任何一个人的光芒都可以轻而易举地遮住帝王的光芒。

回到历史的情境中，他们每一个人还是要在自己的岗位上兢兢业业地干活，去扮演好自己的历史角色。这些文人墨客，在本职岗位上都干得有模有样。现在分析起来，身为宰相的晏殊把蔡襄、欧阳修安排到知谏院的岗位上，不排除安插亲信的可能性。有亲友团主持知谏院，自己工作起来就不会束手束脚，但谏官的工作性质，就是对行政工作进行监督，提意见，舍得一身剐，把不称职的官员（哪怕是宰相）拉下马。所以蔡襄、欧阳修和他们的老师晏殊之间的矛盾，是不同职务间的矛盾，他们脑袋被屁股决定着，他们的矛盾是结构性的，不以个人的意志为转移。对此，明代沈德符在《万历野获编》中说："台谏在事，遇大奸居位，即奋笔而弹，不避亲嫌。"假若谏官见了亲人、老师就心慈手软，怎么去做一个合格的谏官呢？换作亚里士多德对他的老师柏拉图说过的话，即："吾爱吾师，吾尤爱真理。"

关于谏官的职责，欧阳修曾在给范仲淹的信中说："坐乎朝廷之上与天子相可否者，宰相也"，"立于殿阶之下与天子相可否者，谏官也"。他还把谏官和宰相相提并论："不得为宰相，必为谏官。谏官虽卑，与宰相等。"[4]

但谏官是一个得罪人的岗位，也是一项高风险职业，因此蔡襄对皇帝说"任谏非难，听谏为难；听谏非难，用谏为难"[5]，劝说皇帝要有勇气听谏，有决心用谏，千万别拿窝头不当干粮。

三

蔡襄在弹劾晏殊的上疏中说，当年李宸妃去世时，是晏殊写的墓志铭，但晏殊对李宸妃就是仁宗的生母的事实"没不敢言"，稀里糊涂蒙混过去了。《宋史》为晏殊鸣不平："（晏殊）

以章献太后（即刘太后）方临朝，故志不敢斥言"。[6] 当时刘太后还活着，而且垂帘听政，有谁敢说实话呢？当然，晏殊还有其他小辫子被蔡襄等人抓在手里，比如他私占官地，役使兵士为他建房子，这种贪小便宜、慷国家之慨的做法，与他的宰相身份实在不符。皇帝看罢上疏，觉得蔡襄说得有道理，就罢了晏殊的宰相，把他打发到颍州当地方官去了。

晏殊自十四岁以神童入试，赐同进士出身，历任右谏议大夫，集贤殿学士，同平章事兼枢密使，礼部、刑部、兵部尚书，参知政事（副宰相），一路当到宰相，仕途可谓顺风顺水，是北宋历史上著名的风流词人、太平宰相，这次被自己的学生弹劾出京，称得上搬起石头砸自己的脚。那一年，他已经五十四岁，青衫飘飘地离开汴京，"满目山河空念远"，不知道此生是否还可以回来，再见到汴京的春天。时至今日，我们仍可想象他内心的怆然。

我喜欢晏殊词，是因他的词虽包含着悲伤，却不被悲伤所淹没，因为他内心的圆融、通达、开放、热烈，足以化解他心头的伤悲，就像阳光，无声无息之间，可以融化冰雪。你看他写"无可奈何花落去"，接下来一句就是"似曾相识燕归来"。[7]他写"满目山河空念远，落花风雨更伤春"，紧随其后的，却是"不如怜取眼前人"。[8]对这世界，他没有太多的怨恨，而是抱着一种欣赏的心态。他能正视生命中的缺失与伤痛，因为所有这一切都可以在当下和未来得到弥补。这说明他是智者，他有强大的内心，也是他比李煜高级的地方。尽管五代南唐的后主李煜开一代词风，但相比于宋代的晏殊，格局还是小了，一天到晚哭天抢地、捶胸顿足、大惊小怪，满脸没见过世面的样子。宋词后来在欧阳修、苏东坡、黄庭坚、辛弃疾等人手里走向开阔和博大，离不开晏殊所做的铺垫。

明眼人一眼可见，"李宸妃墓铭"事件，不过是蔡襄弹劾晏殊的一个由头，真实的原因，是一年前由参知政事范仲淹发起的"庆历新政"，欧阳修、蔡襄都是积极支持者，对老范鼎力相援，与欧阳修、蔡襄同届"高考"的状元王拱辰，则是反改革的急先锋，而老成持重的宰相晏殊，并没有选边站队。不久，晏殊因看不惯欧阳修锋芒毕露的个性，把他外放为河北都转运使，让改革派少了一个骨干分子。如此，蔡襄才把矛头指向晏殊，对他痛下"杀手"。

蔡襄的"个性"，其实在很多年前就"暴露"无余了。八年前的宋仁宗景祐三年（公元 1036 年），范仲淹因得罪当时的宰相吕夷简而被贬往饶州，左司谏高若讷高谈阔论，唾沫星子横飞，说范仲淹这家伙罪有应得，为朝廷的处置拍手叫好，欧阳修写《与高司谏书》，痛骂高若讷"不复知人间有羞耻事尔"[9]。高若讹气急之下，把信交给宋仁宗，宋仁宗一生气，就把欧阳修逐出朝廷，贬为夷陵[10]县令，去基层当干部了。余靖、尹洙等谏官为范仲淹鸣不平，也无一例外地受到贬逐，台谏官员一时鸦雀无声。这个时候，该蔡襄挺身而出了。他写下《四贤一不肖诗》，明目张胆地把范仲淹、欧阳修、余靖、尹洙这四位被打倒的谏官称为贤人（"四贤"），把大嘴巴高若讷称为不肖之徒（"一不肖"）。这五人，他每人送上一首长诗，以表明自己爱憎分明的立场，该赞颂的赞颂，该贬损的贬损。一时间，《四贤一不肖诗》洛阳纸贵，以地下文学的形式广为流传，"火"遍京城内外，甚至有契丹使者买到刊本，贴在幽州馆的墙上仔细欣赏。蔡襄在那样压抑的气氛中写下《四贤一不肖诗》，不仅仅是无惧吕夷简，对宋仁宗也没有谦让半分。

如此说来，蔡襄弹劾他的老师，并不说明他薄情寡义、"一点儿面子也不讲"，相反，这说明他是一位称职的谏官，因为他心底无私，他效忠的是皇帝，是天下，而不是某个个人。他对老师"翻脸不认人"，源自他内心的干净、坦荡。

四

蔡襄的直爽性格，在皇帝面前也毫不收敛，说宋仁宗"宽仁而不能决断"，这话就是蔡襄说的，而且不是在背后嚼舌头，而是光明正大地写在给宋仁宗的上疏中。

宋仁宗虽然"不能决断",但毕竟还是"宽仁"的,一直没有和蔡襄过不去。皇祐五年(1053年)正月十六,汴京城内突起大火,这场因道士醉酒引发的大火把存在了半个世纪的会灵观化为灰烬。反复犹豫之后,宋仁宗赵祯决定重修,起名为"集禧观",意思是要把长寿、富贵、康宁、好德、善终集中在一起,之后,他又在西侧新建一座"奉神殿","奉神"二字,出自宋真宗所写《奉神述》刻石。宋仁宗决定亲自书写碑额,请蔡襄摹写宋真宗御书的碑文。

宋仁宗先是派太监张茂则,把自己亲写的碑额"真宗章圣制《奉神述》并御笔"送给蔡襄。蔡襄只要遵照皇帝的指示摹写碑文就可以了,但他爱提意见的"毛病"又犯了,看过碑额,又忍不住对皇帝做出"批评指导":

一、去掉"章圣"二字,因为宋真宗的谥号是"文明武定章圣元孝皇帝",全写上去字数太多,简称又不恭敬,所以干脆不要。

二、去掉"御笔"二字,因为"御"是在世臣子不方便直呼当朝皇帝姓名而用的专用词,且古人极少用"御笔"二字。

三、建议名称定为"真宗皇帝制《奉神述》并书石"。

据说蔡襄把他摹写的宋真宗碑文呈送给皇帝时,皇帝是"拱

御筆賜字君謨者臣孤賤

遠人無大村藝

陛下親灑宸翰

臣襄伏蒙

陛下特遣中使賜臣

御書一軸其文曰

干冒

聖慈　臣無任荷戴兢榮之至

朝奉郎起居舍人知　制誥權同判史部流內銓騎都尉賜紫金魚袋臣蔡襄上進

立"着，毕恭毕敬地等在那里。而后，他又亲自写了"君谟"二字，赐给蔡襄，以示恩宠，还将凤冠霞帔赐给蔡襄之母，此事被记在《宋史》中。

日本东京书道博物馆藏有蔡襄《谢赐御书诗表》一卷[图6-1]，纸本，纵 29.3 厘米，横 241.5 厘米，共五纸，接缝处有"合同"印，上书三十七行，三百二十字。这一书法长卷，就是蔡襄在收到宋仁宗手书"君谟"的赐字后所写的谢表。明代书画家张丑在《清河书画舫》中对此手札写了一段按语：

> 仁宗深爱君谟书迹，尝御笔加赐"君谟"大字并诗，以宠异之。君谟作诗表谢之，自书以进，即此卷也。

蔡襄的法书真迹存世较多，仅北京故宫博物院，就藏有《自书诗帖》《虚堂诗帖》《纡问帖》《入春帖》《京居帖》《持书帖》《门屏帖》《暑热帖》《蒙惠帖》《扈从帖》《山堂诗帖》等。

台北故宫博物院，藏有《山居帖》《陶生帖》《思咏帖》《虹县帖》《安道帖》《离都帖》《谢郎帖》《大研帖》《脚气帖》《澄心堂纸帖》等。

这卷《谢赐御书诗表》，宋仁宗收到后藏入秘府，后来赐给大臣赵挺之，米芾曾经看到过这件手迹，后来赵挺之传给他的儿子、词人李清照的老公赵明诚，到元代，像时间中的漂流瓶一样，"漂"到王芝、乔篑成手上，明代又为黄锺、赵用贤收藏，清初流入安岐之手，入乾隆内府，乾隆又把它转赐给六子永瑢，清末为端方所藏。1919 年，中村不折从文求堂购得此卷，此卷自此流入日本。

徐邦达先生说，蔡襄《谢赐御书诗表》，除日本藏本外，清宫还另藏有两本。其中一本现藏台北故宫博物院，曾著录入《石渠宝笈初编》，临写极劣，还有项元汴等数印，"亦是出于翻摹"，如此，"此本当然不真"；清宫的另外一本，有乾隆、嘉庆、宣统内府印玺，但不见《石渠宝笈》著录，此卷被溥仪窃盗出宫，带到长春，伪满洲国覆灭以后，又流至北平，被一位姓李的收藏家收藏，卷上钤有"宣和殿宝"等伪印，"书法嫩弱光软，已成清代馆阁书体"，"纸亦染旧成灰墨色"，一看就不真，可能是清代康熙年间的临本。[11]

五

有人说，书法"宋四家"（苏、黄、米、蔡），这个"蔡"原是蔡京，后来人们不甘心蔡京这个奸臣享此荣耀，才改成了蔡襄，以此表达对蔡襄人格的认可。

中国艺术史上，人们经常以四为单位进行组团。这些著名的"F4"包括：

楷书四大家：唐代颜真卿、柳公权、欧阳询、元代赵孟頫；

绘画元四家：赵孟頫、吴镇、黄公望、王蒙（一说黄公望、王蒙、倪瓒、吴镇）；

绘画明四家（又称吴门四家）：沈周、文徵明、唐寅、仇英。

难道四人组团，才能一起去看流星雨？

关于书法"宋四家"中的"蔡"是指蔡襄还是蔡京，艺术史家们打了几百年的嘴仗。"蔡京论者"认为，蔡襄与苏东坡、黄庭坚、米芾相比年龄最长——蔡襄出生于宋真宗大中祥符五年，公元1012年，比苏东坡大二十五岁，比黄庭坚大三十三岁，比米芾大三十九岁，根本不是一代人，且书法成就被认为"独步当世"[12]、"本朝第一"[13]，放在另三人之后，有些不合逻辑。明代王绂在《书画传习录》中说："世称宋人书，则举苏、黄、米、蔡，蔡者谓京也，后世恶其为人，乃斥去之，而进端明书焉。端明在苏、黄前，不应列元章后，其为京无疑。"孙矿、张丑、董其昌、郑板桥等人均持相同看法。徐邦达先生在《古书画过眼要录》中说："宋四大书家称'苏、黄、米、蔡'。蔡，原为京，后世以京入奸党，乃改为蔡襄。襄行辈高于苏、黄，不应列名末座。"[14]

蔡京出生于宋仁宗庆历七年（公元1047年），比蔡襄小三十五岁，蔡襄上疏弹劾晏殊时，蔡京还是尘埃，连细胞还不是呢。[15]但蔡京后来居上，在宋徽宗即位后，于崇宁二年（公元1103年）当上宰相，前后共四次任宰相，把持朝政达十七年。

在北宋中后期翻来覆去的政治变局中，无数文臣遭受贬谪，能像蔡京这样屹立不倒，没有过人的"本领"是不行的。蔡京从政的"原始股"来自王安石变法，因蔡京的弟弟蔡卞是王安石女婿，后来官至枢密使（朝廷最高军事长官，与宰相权力相当，宰相主政，枢密主兵），擢尚书左丞。蔡京便依靠这层关系，投入了王安石的怀抱。王安石变法失败，司马光出山"拨乱反正"，史称"元祐更化"，蔡京立刻倒向司马光，唯司马光"马"首是瞻，对王安石反攻倒算。后来宋哲宗即位，变法派又吃香，司马光成打击对象，蔡京又与司马光翻脸，极力巴结章惇，再次成为变法派。宋徽宗即位后，变法派又被打击，蔡京又与章惇分道扬镳，一方面将司马光、吕公著等一百二十人称为奸党，司马光、苏洵、苏轼、苏辙、黄庭坚这些党人的著作一律毁版焚烧，一个字也不能留，同时把章惇、曾布等人划入奸党行列，贬谪流放。

蔡京时代的白色恐怖，被张择端隐晦地画进了绘画长卷《清明上河图》。仔细观看，我们可以发现，在汴京城的青楼画阁、绣户珠帘之中隐藏着一辆车，那是一辆装载着尸体的推车，尸体上遮盖的，竟然是被撕成碎片的文人书法。来自"文化群星"的画页书屏，此时已经沦为盖尸布。但它们不是遮羞布，遮不住王朝的黑暗与糜烂。作为"时代的记录员",张择端把他看到的一幕,悄悄地画进了《清明上河图》。

中国历史上,蔡京可以被称为最著名的"变脸"大师,比川剧变脸更加专业。这一连串的高难动作,蔡京都可以熟练地完成,没有任何技术难度,更没有任何心理障碍,因为他心里没有信仰,没有原则,没有底线。他唯一的信仰就是他自己,是自己的青云直上、飞黄腾达,所以他只忠于他自己,信仰、原则、底线什么的,他完全不在乎,至于朋友、同道,那就只能"呵呵"了。

但人无千日好,花无百日红,他蔡京机关算尽,还是没能逃过被流放的下场。宋钦宗登基后,深知蔡京误国害民,降旨把蔡京流放岭南韶关。蔡京派头不减,带上美女三人、金银一船,高调地出了京城。在他看来,有钱有美女,谁也挡不住他过舒坦日子。没想到南行途中,人民群众眼睛雪亮、万众一心,不给他开房住宿,不卖他一口饭吃,地方官员甚至不让他走大路,只允许他走小路。蔡京饿得头晕眼花,勉强走到潭州[16],找到一座破庙住下,抱着美女,守着金银,活生生地饿死了。

六

从书法角度上讲,蔡京也可以算作风流人物。蔡京之子蔡

吟徵調商窩下桐
松間疑有入松風
仰窺低審含情客
以聽無絃一弄中
臣京謹題

[图 6-2]

听琴图》轴（局部），北宋，

佶（绘）、蔡京（书）

京故宫博物院 藏

第六章　　蔡襄以及蔡京　　223

绦在《铁围山丛谈》里夸奖他爹"字势豪健，痛快沉着。迨绍
圣间天下号能书，无出鲁公（蔡京）之右者"，这不算吹牛。看
蔡京存世书法，像《节夫帖》《墙宇帖》（台北故宫博物院藏）等，
会倒吸一口凉气——这老贼，书法端的了得。宋徽宗《听琴图》
（北京故宫博物院藏），上有题诗四句［图 6-2］，即蔡京所书：

> 吟征调商灶下桐，
>
> 松间疑有入松风。
>
> 仰窥低审含情客，
>
> 似听无弦一弄中。
>
> 臣京谨题

　　作为一名画家，宋徽宗花鸟、人物、山水样样皆通，其中
以花鸟画成就最高。他的花鸟画，有设色、有水墨，代表作分
别是《瑞鹤图》（辽宁省博物馆藏）和《写生珍禽图》（上海龙
美术馆藏）。前者以一个单独的镜头，以白鹤在宫阙的天空中上
下翻飞，凸显王朝灿烂锦绣、蒸蒸日上；后者则是一个由十二
段绘画组成的长卷蒙太奇，分别画上画眉、戴胜、白头、斑鸠、
太平雀等十二种珍禽，先以淡墨干笔轻擦，后以分染鸟羽蓬松
柔软的质感，再以浓墨点写头尾、羽梢，把宋徽宗卓越的绘画

才华发挥得淋漓尽致。不着一色的光彩翎羽，让我们倍感神奇。难怪劳伦斯·西克曼把赵佶花鸟画的写实技巧称为"魔术般的写实主义"，因为它给人以"魔术般的诱惑力"。这两幅名作原本都是清宫收藏，乾隆皇帝尤爱《写生珍禽图》，为十二段分别起名：杏苑春声、薰风鸟语、蒼卜栖禽、蘼花笑日、碧玉双栖、淇园风暖、白头高节、翠条喧晴、疏枝唤雨、古翠娇红、原上和鸣、乐意相关，以此完成了与宋徽宗的"跨时空对话"。

与繁华绮丽的花鸟画比起来，宋徽宗的山水画倒显得苍茫厚重、意境深远。最著名的，是现藏北京故宫博物院的《雪江归棹图》卷，以一幅"水远无波，天长一色"的雪景山水，表达他"天下归棹（赵）"的万丈雄心。这一场面恢宏的画卷，又是全图不着色，宋徽宗要以四两拨千斤，以无色胜有色，如一部宽银幕的黑白影片，点皴山石、渲染江天，体现大自然的神智与造化。此等豪情，或许只有在纸页上才能唤起。卷后有蔡京题跋［图6-3］，展现出蔡京惊人的文字才华和拍马屁功力：

　　臣伏观御制《雪江归棹》，水远无波，天长一色，群山皎洁，行客萧条，鼓棹中流，片帆天际，雪江归棹之意尽矣。天地四时之气不同，万物生天地间，随气所运，炎凉晦明，生息荣枯，飞走蠢动，变化无方，莫之能穷。皇帝陛下以

丹青妙笔，备四时之景色，究万物之情态于四图之内，盖
神智与造化等也。大观庚寅季春朔，太师楚国公致仕臣京
谨记。

在北宋后期政治中，蔡京和宋徽宗堪称"绝配"，就像蔡京
的书法和宋徽宗的绘画一样珠联璧合。宋徽宗要奢侈腐败，蔡
京就提出一个口号"丰亨豫大"，就是天下安康了，就要展现王
朝的实力，宣示王朝的荣耀，说白了，就是要享乐，要排场，
要"嘚瑟"。"嘚瑟"来"嘚瑟"去，把一个好端端的北宋"嘚瑟"
没了，变成了"靖康耻，犹未雪"，变成了"山河破碎风飘絮"……
北宋灭亡，很大程度上离不开蔡京的"贡献"。

七

我曾经与故宫博物院同事讨论过，有没有"书如其人"这
回事，同事摇头，说假如"书如其人"，那谁的字好，交给组织
部来定论就可以了。我一笑，对此将信将疑。

我是相信"文如其人""书如其人"的。书法，的确有技术
的成分在，所以蔡襄才遍临晋唐书法，像今藏于北京故宫博物
院的《自书诗》卷［图6-4］，从线条到体势，明显流露出王羲之
的风流遗韵，甚至于"可""虽""殊"等字，几乎就是从王羲

公致仕臣京謹記　庚寅季春朔太師楚國　神智與造化等也大觀　之情態於四圖之內盖　備四時之景色兄万物　皇帝陛下以丹青妙筆　美方莫之能窮

臣伏觀

御製雪江歸棹水遠

無波天長一色羣山皎

潔行客蕭條鼓棹中

流片帆天際雪江歸棹

之意畫盡天地四時之氣

不同萬物生天地間隨

詩之三

皇祐二年十月外除赴京

南劍州芋陽鋪見臘月桃花

可笑夭桃耐雪風山家墻外見疏紅

為君持酒一相向生意雖殊寂寞同

書戴雲士屋壁

長岡隆雄來北邊勢到舍下方迴旋

图 6-4

《自书诗》卷（局部），北宋，蔡襄

北京故宫博物院 藏

第六章　　蔡襄以及蔡京　　229

之《兰亭序》上摹写下来的。前文提到的《谢赐御书诗表》，亦如徐邦达先生所说，"楷法严谨，近于虞世南法派，亦带徐浩、颜真卿风格"[17]。可见蔡襄书法之美，吸纳了前人所有的精华，笔笔皆有来历，纵横上下皆藏古意，一举终结了宋初百年来混沌无序的书法局面。

蔡襄书法成就不凡，缘于他站在了巨人的肩膀上。但站在巨人的肩膀上，并不意味着自己就是巨人，他必须既有继承，又有发展。那"发展"的部分，就看个人的造化了。一位书家，通过经年的技术训练，可以写到"美"，但在"美"之上，还有"个性之美"。唐代尚"法"，追求的是共性的美（即建立在规律之上的美）；宋代尚"意"，则看重个性之美（在规律上的个性发挥）。那多出来的一部分，就是艺术个性。被规范化了的书法，只有通过个性的舒展才能激活。

艺术个性，是决定一个人艺术造诣的关键指数。犹如攀登珠穆朗玛峰，难在最后一百米。从 1921 年到 1953 年第一次成功登顶之前，人类共进行过十六次攀登，最高攀登到 8720 米，距离 8848.86 米的峰顶，只差一百多米。就是这一百多米，"引无数英雄竞折腰"。书法也如登山，决定最后高度的，我以为就取决于书写者的人格精神，庸俗媚世者往往会在最后的高度上败下来。

　　宋代不是一个"独尊儒术"的朝代，却是儒家信仰者全面统治中国的朝代，《哈佛中国史》的宋代卷，书名干脆作：《儒家统治的时代：宋的转型》。儒家的统治，带来的不只是对"文"的尊崇，更是对"道"的膜拜，就是要恢复业已失去的古代道德价值，把"理"构想为所有真理和价值的基础。在程颐看来，如果一个人真正认识了"理"，就能准确地把握事物的是非对错，理学也因此成为修身和品行的基础。没有了"道"与"理"，什么事都掰扯不明白，世界也运转不下去。

　　如此说来，宋朝是最讲"道理"的朝代。宋代官员（包括谏官）不屈从于权势，因为他们"屈从"于"道理"，也就是心中的真理，所以他们气不短、心不虚，他们的心中有正气。宋太祖曾问提出"半部《论语》治天下"的宰相赵普："天下何物最大？"他满心欢喜地等着赵普说"皇帝最大"，没想到赵普的回答是："道最大。"

　　而艺术，正是"道"与"理"的外在体现，"文以载道"这个口号，就是宋代大儒周敦颐在《通书》里提出来的。其实这个"道"不是政治，而是宇宙的规律、世界的本质、人世的法则。宋代文人不仅根据儒家思想模型去改造世界（即"大宇宙"），也依据"道""理"的要求去改造自我（即"小宇宙"）。

　　在他们眼里，所有外在的美，都是从内在的美中派生出来的。

三世白士猶醉眠山翁作善天應怜

如彼發源今流泉兒孫何數鷹馬然

省起家者生其間頟菊壽考亐窮年

題龍紀僧　居室　此屬程書左右兄

山僧九十五行是百年人焚香猶夜起

憙酒見天真生平持戒定老大有

一个人的内在不美，哪怕刻意隐藏，也会露出马脚，就像一个美人，美在眉宇姿态，更美在修养，不是豪华衣饰可以取代的。从面相学的角度上看，一个人心术不正，面相上必然会流露出来。人有下意识，下意识是掩饰不住的。谍战片里常出现测谎器，测谎器测的，我想就是下意识。其实艺术本身就是测谎器，这并非我的主观臆断，小时候无书可读，从父亲书柜里抽出一本沈醉先生《我所知道的戴笠》，竟比时下的谍战片还令我着迷，一个细节至今记忆犹新，就是抗战时期，戴雨农领导国民党军统与丁默邨统领的汪伪特务机构斗法，专门设立了一个笔迹分析小组，通过截获汪伪密信的笔迹分析写字者的身份、性格、处境等，基本上八九不离十。

同样的例子曾发生在苏东坡身上。苏东坡曾根据欧阳询的书法，确定欧阳询有"敏悟"的性格、"寒寝"的容貌。他在《书唐氏六家书后》中形容欧阳询：

> 率更貌寒寝，敏悟绝人，今观其书，劲险刻厉，正称其貌耳。[18]

一个朋友说："书法乃线条艺术，而任何一条延续的线无非一种运动路线。其间自然有行为方式、心理因素、性格缓急的附着，因此如同世上并无完全相同的两片树叶一样，也没有任何个体的字迹是完全一致的。所以由字及人，反推其性格心理，亦可成立。"[19]尤其到了宋代，尚意书风浮现，书法线条与内心世界的连接更加直接。一个书写者虽然可以通过训练达到一定的高度，但金字塔尖上的书法都是技术之美与精神之美的无缝衔接。好的书法和最好的书法，还是可以在毫厘之间，辨出高下。

是否"书如其人"，在历史上也是一个争论不休的话题，苏东坡自己就和自己"争论"过，他曾反对过以"人"论"书"，认为既然不能以貌取人，就不能以人取书（《题鲁公帖》）[20]，但他更加相信，书法是不能独立于人格之外的，而必然是人格的外在体现。他在《跋钱君倚书遗教经》一文中说得好：

貌有好丑，而君子小人之态不可掩也；

言有辩讷，而君子小人之气不可欺也；

书有工拙，而君子小人之心不可乱也。[21]

明清之际思想家、书法家傅山说："作字先作人，人奇字自古"[22]。立德在前，立言在后；作人在前，作字在后；"纲常"在前，"笔墨"在后。"品高者，一点一画，自有清刚雅正之气；品下者，虽激昂顿挫，俨然可观，而纵横刚暴，未免流露楮外。"[23]

　　面对博物馆里林林总总的历代名家书法，我们可以隔着线条笔意感知他们的情感流动，揣测他们的精神秘密。你看范仲淹《道服赞》《远行帖》《边事帖》（皆为北京故宫博物院藏），行笔清劲瘦硬，结体方正端谨，骨气洞达，顿挫有力，正是刚正的官员的笔触；欧阳修《灼艾帖》，苏轼评价说"公用尖笔干墨作方阔字，清眸丰颊，进退晔如"，颇见"醉翁"之神韵；王安石《过从帖》（台北故宫博物院藏），书法奇古险怪，行笔很快，像他的变法一样，让人看不太明白。

　　蔡京书法是学蔡襄的，却学出了自己的境界，字势豪健，独具风格，不仅挑战了蔡襄的书法地位（人们因此将"宋四家"的称谓指向了苏东坡、黄庭坚、米芾、蔡京），也挑战了"字如其人"的说法。但细看蔡京书法，便会发现它在表面的美之外多了一层媚，是那种抛媚眼、带媚态的媚，是梁启超所说的"巧言令色，献媚人主"的媚。真正的艺术，不需要谄媚讨好的笑脸，也不需要自以为是的威严，而有赖于不加掩饰的天性，需要一意孤行的果决。

　　当然任何事情没有绝对，"书如其人"也不例外，咱就不抬杠了。世上没有一条定律能够涵盖所有的事物，何况人是复杂的，艺术更是一个复杂的领域，普遍规律中，一定包含着一些特殊规律。人的性格是多重的，艺术领域的创造，许多也是"善恶同体"。明代董其昌、明末清初王铎，都是很复杂的个案，或许今后我会写到。

最典型的例子，我想非宋徽宗莫属。8800 多米的珠穆朗玛峰，他至少已经爬过了 8700 米了吧，早有傲视群雄的资本了。关于宋徽宗的艺术与人生，我在《宋徽宗的光荣与耻辱》(见《故宫的古物之美 2》) 里写了，这里就不再啰嗦了。蔡京的书法不错，但要看放在什么地方，放到文人书法里尚过得去，但假若放到艺术史里，与苏东坡、黄庭坚、米芾这些"高峰"放在一起，还是差了一截，最多只能算作"高原"的一部分。

八

"蔡襄论者"认为，"宋四家"中的"蔡"原本就是蔡襄，与蔡京扯不上关系。"宋四家"中，蔡襄年龄辈分在苏、黄、米之前，书法地位却排在他们之后。很多人给出了一个解释，即：虽然蔡襄是宋代第一位系统整理前世书法遗产，进而重建了书法秩序的书法家，但他恪守法度有余，创新意识不足，不是一个开宗立派的大师，所以才排在苏、黄、米之后。也就是说，苏、黄、米、蔡四人的排名，不是以长幼为序，而是以书法成就，以书法史地位为序。元代王芝在跋蔡襄《洮河石研铭》中还说，自苏、黄之后，"尚意"书风成为书坛主流，而崇尚法度的蔡襄则显得"过时"，假若在北宋，蔡襄无疑应该排在四家之首，而在南宋以后，就只能屈居于四家之殿了。

直到蔡襄创造了"飞草"，把章草和飞白书的写法融汇在一起，他个人的性格才真正显露出来，他的书法才呈现出天外飞仙的气质。

沈括在《梦溪笔谈》里写道："近岁蔡君谟又以散笔作草书，谓之'散草'，或曰'飞草'，其法皆生于飞白，亦自成一家。"[24]

苏东坡敏锐地看到了蔡襄书法中超越唐人的地方，他说："如君谟真、行、草、隶，无不如意，其遗力余意，变为飞白，可爱而不可学"[25]，还说，"余评近岁书，以君谟为第一"[26]。

写于皇祐三年（公元 1051 年）的《陶生帖》（台北故宫博物院藏），应是蔡襄"飞草"成熟的里程碑之作，但我最喜欢的，是藏于北京故宫博物院的《扈从帖》和藏于台北故宫博物院的《脚气帖》。

《扈从帖》[图 6-5]，纸本行书，纵 23.3 厘米，横 21.4 厘米，约书于皇祐四年（公元 1052 年）春，是蔡襄四十岁时作的一通信札，是说自己感了风寒、身体不佳而已，行笔却如行云流水，飞舞灵动，没有一丝犹豫，中、侧锋兼用使线条呈现出方圆变幻，使字体呈现出极强的立体感。

更潇洒的，还数《脚气帖》[图 6-6]。虽然蔡襄患了脚气，

襄拜今日扈從徑歸風
閣侵晚偃臥玉堂蒙
惠新萌珍感珍帶胯數
日前見數條不住候之
好者不了馳去也

　　襄上

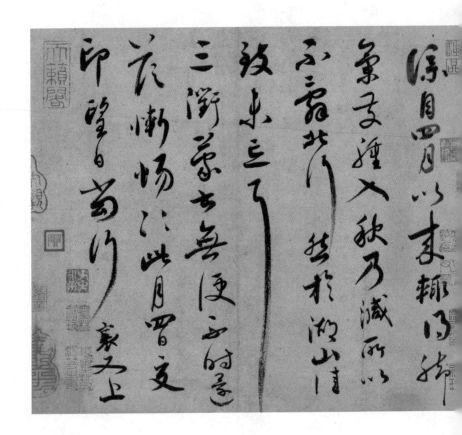

[图 6-6]

《脚气帖》页，北宋，蔡襄

台北故宫博物院 藏

行走艰难（"仆自四月以来，辄得脚气发肿，入秋乃减，所以不辞北行，然于湖山佳致未忘耳"），但没人挡得住他用笔尖行走。他走在《脚气帖》上，步履急促，跳跃变化，闪展腾挪，别有一番风神洒脱。走就走吧，米芾肉麻地形容他的字如行走的少女："蔡襄书如少年女子，体态娇娆，行步缓慢，多饰名花。"你看他"不辞北行"的"行"字，那一竖拉得很长；"未忘耳"的"耳"字，更是一笔到底，我看他不像缓步慢行的少女，倒像一个大步流星的侠客，无比的豪气，无比的霸气。我不喜欢脚气，但我喜欢豪气与霸气，也就喜欢这奔腾豪迈的《脚气帖》。

尽管从开宗立派的角度上讲，蔡襄还够不上大师，不像今人那样胆肥气壮，有点小名气就迫不及待地自封"大师"，在广播电视上到处嚷嚷，但蔡襄在书法史上的地位，还是无法撼动的，无论当朝皇帝，还是后代书家，都是他的粉丝。甚至于蔡襄自己，都"敝帚自珍"，轻易不把墨稿送人。北宋许将《蔡襄传》说："公于书画颇自惜，不妄为人，其断章残稿人悉珍藏，仁宗尤爱称之。"

欧阳修《归田录》里记录了很多文人段子，也用一个个生动鲜活的事例让我明白了，那些"以天下为己任"的士大夫，并非总是那么义正辞严、器宇轩昂，他们其实是很好（hǎo）玩儿的，也是很好（hào）玩儿的。其中就有一段是关于蔡襄的，我至今记忆犹新，说欧阳修写《集古录》，请蔡襄写《集古录目序》。蔡襄书法在当时的名声就很大，"其字尤精劲，为世所珍"[27]，当然不好意思让他白写，欧阳修知道蔡襄对文房用具和茶叶很有研究（蔡襄曾写过关于茶的专著《茶录》），就送他鼠须栗尾笔、铜绿笔格、大小龙茶等物作润笔。蔡襄见后，笑着说，这些礼物品位不俗，他很喜欢。过了一个月，有人送给欧阳修一箧清泉香饼，清泉是产地名，香饼是一种石炭，"用以焚香，一饼之火可终日不灭"。蔡襄得知消息，很眼馋，痛心疾首地说："香饼来迟，使我润笔独无此一种佳物！"[28]

蔡襄法书的动人之处，在于它的自然清韵、透明见底，一如他的个性。他不装，不伪饰，心态放松不纠结，一切遵循他最真实的意愿，所以他秉持法度而超越法度，融通古今又化掉古今，下笔如落华散藻，如云烟龙蛇，随手运转，奔腾上下，成为书法史上至美的风景。

在《贫贤帖》（北京故宫博物院藏）里，蔡襄写下这样一段话：

昔之贫贤寒俊，偶有流落失职者，其为文章，多所怨诽，不得其正。又况久处乐而行患难，乃能克意文翰，而无前所累者，非胸中泰定，有以处之，非数数能也。故人之弟以示余，故书。襄。

立了

蒙古無更

场以此月曾夏

他认为，一个人作诗写字，重要的是胸中泰定、平和温厚、圆融开朗、精神欢喜。无论为人还是写字，假若层层算计，步步为营，就一定不会成功。

正是因为这种直率与透明，他才能出手弹劾他的老师晏殊而心底没有一丝阴影，也才能患脚气而不讳言，堂而皇之地写入手札，流传于世。蔡襄行笔的奔走转折间，宋人书法的写意特征，已喷薄欲出。

九

晏殊自从被蔡襄弹劾出京，贬为工部尚书知颍州，转眼之间已过十年，直到至和元年（公元 1054 年）六月，时任河南知府兼西京留守的晏殊，才因病回到汴京。

宋仁宗要去看他，晏殊派人给皇帝捎信，说："我老了，又重病在身，不能做事了，不值得被陛下您担心了。"

一天，晏殊做了一个梦，梦见自己骑着白马，在一座桥上飞奔。突然间，桥断了，白马把他甩到地上，兀自飞天而去。

此乃凶兆。

没过几天，晏殊就在病榻上咽了气。

那一天，是至和二年正月二十八日（公元 1055 年 2 月 27 日）。

收录在《晏氏宗谱》中的《祭楚国元献公文》，记录了前去祭悼的人的名单，其中有：欧阳修、王安石、梅尧臣、包拯、韩琦、宋祁、张方平、唐介等。[29]

没有发现蔡襄的名字。

查蔡襄年谱，至和二年正月，蔡襄权知开封府，六月才离都，乘船沿汴河东下，前往泉州赴任。这个时间点，刚好可以吊唁恩师晏殊。

但他没有去，我想，一定不是因为他的脚气。

是否因为其他身体原因，不得而知。在今日留存的许多书札上，都有身体不佳的记录。比如：在晏殊去世四年之前（皇祐三年，公元1051年）写下的《纤问帖》，蔡襄就说自己"适会疾未平，殊不从容"；也是这一年写下的《入春帖》也说："去冬大寒，出入感冒，（积）劳百病交攻，难可支持。"

蔡襄在汴京时，就一直病恹恹的。到泉州、福州后，身体更加不好，这一点从《持书帖》《谢郎帖》《扈从帖》上看得很清楚。《谢郎帖》写："今见服药，日觉瘦倦，至于人事，都置之不复关意。"

身体不好，也就万念俱灰了。

但他的字，却永远是端丽自然、精神朗健，纵然在仓皇困顿中，依旧透射出生命与自然的光色，像他喜欢的春茶，亦像他《自书诗》卷里所写那位老僧：

山僧九十五，

行是百年人。

焚香犹夜起，

熏酒见天真……

蔡襄的法书和晏殊的词，其实是殊途同归。

第七章

欧阳修的醉与醒

卓越的艺术家，都是醉与醒之间的自由往返者。

一

　　环滁皆山也……

　　欧阳修被贬到滁州[1]，涉嫌"生活作风"问题。

　　宋代多贬官，我想与"台谏"制度有关，因为御史台、知谏院，这一"台"一"谏"，就是用来监督和牵制行政官员权力的，免使"重文抑武"的宋朝出现相权专制。我在上一章写到，晏殊、范仲淹、欧阳修等，都曾做过谏官，欧阳修还是著名的"四谏"之一。但"屁股"决定脑袋，一旦他们进入行政团队（范仲淹曾任右司谏，庆历三年即公元 1043 年出任参知政事，发起"庆历新政"），就知道了台谏官员手起刀落、用文字"杀"人的厉害。来自他们的"批判"火力，常让行政官员畏首畏尾，如临大敌。因此，一方面，宋代"台谏制度"可以制约权力；另一方面，又使宋代政治以求稳为主，不敢越雷池一步，稍有不慎就会受到贬谪。

这就是宋代政治积弊难改的原因之一，所谓成也"台谏"，败也"台谏"。近读吴钩先生《宋仁宗——共治时代》一书，见有这样一段论述，颇得我心："在庆历年间，即使仁宗与范仲淹想放手一搏，但制度终究会让他们束手束脚。更何况，仁宗并不是一名具有杀伐决断魄力的雄主，相反，他优柔寡断，虽然亲擢范仲淹、富弼等生力军执政，想要'干一票大的'，但当反对的声音越来越响时，他又动摇了。庆历新政草草而终，是可以想象的。"[2]

庆历五年（公元 1045 年），杜衍、范仲淹、富弼、韩琦四名新政主力纷纷"落马"，被轰出朝廷，"庆历新政"已经气息奄奄。支持新政的欧阳修，已在劫难逃。但谁也没想到，欧阳修被贬，是因为一则"桃色新闻"。

来说说这段八卦吧。欧阳修有一个妹妹，嫁与襄城张龟正作续弦。不幸张龟正去世，留下欧阳修的妹妹，还有他与前妻所生的七岁女儿张氏，孤苦无依。欧阳修便把她们接到汴京，与自己一家共同生活。十年过去了，张氏长大成人，出落得明眸皓齿、貌美如花——我们姑且称之为张美女吧，于是欧阳修做主，把张美女嫁给了远房堂侄欧阳晟。欧阳修的外甥女（欧阳修妹妹的继女），这样又成了他的侄媳妇。自她远嫁，相隔千里，音讯杳然。

故事到这里本该结束了，但故事之所以成为故事，是因为故事里往往潜伏着某些事故，使本已尘埃落定的故事陈渣泛起。庆历五年六七月间，就在朝廷风声鹤唳、新政气息奄奄的敏感时刻，欧阳晟家出事了。他在罢虔州[3]司户后，携妻子回汴京，随行的男仆生得俊俏，欧阳修的外甥女或曰侄媳妇张美女竟与他私通，被丈夫欧阳晟发现，送交开封府右军巡院处置。刚好开封府尹杨日严与欧阳修有仇（杨曾因贪污渎职被欧阳修弹劾），逼迫张美女供出在汴京居住时与欧阳修有染，"庆历新政"中曾被欧阳修批评的宰相贾昌朝、陈执中知晓此事，如获至宝，立刻命谏官钱明逸上书弹劾欧阳修与张美女有乱伦之情，而且图谋侵吞张家财产，还拿出欧阳修一首词作"证据"，词是这样写的：

> 江南柳，
> 叶小未成荫，
> 人为丝轻那忍折，
> 莺嫌枝嫩不胜吟。
> 留著待春深。
>
> 十四五，
> 闲抱琵琶寻。
> 阶上簸钱阶下走，

恁时相见早留心。

何况到如今。[4]

　　有人说，这首词是后人附会的，但我在《全宋词》里找到了这首词，归在欧阳修名下。这首词，原本是描写少女情态的，那么单纯，那么优美，被生拉到案子里，怎么越看越"黄"？可见汉语本身有太强的多义性，而宋词的含蓄凝练，又为读者留下了太多的"余白"，一旦得到某种心理暗示，读者就可能顺着暗示走，许多的想象空间会被开启，许多被"遮蔽"的"潜台词"会被瞬间"激活"。

　　这世界上恐怕没有什么比"桃色新闻"更吸引眼球，让人血压升高、肾上腺素飙升。对于"桃色新闻"的喜好，古今皆然。哪怕"桃色新闻"是假的，人们也大多"宁信其有，不信其无"，以小人之心度君子之腹，在这时几乎成为人的本能——以欧阳修而论，谁能相信面对着窈窕淑女，他会无动于衷呢？

　　尽管负责监勘此案的宦官张昭明没有认同这些七拼八凑的"证据"，认为欧阳修与张氏所谓私通一事无从证实，但欧阳修还是受这件事的牵连，被解除河北路都转运按察使的职务，贬往滁州担任太守。

　　庆历五年秋，欧阳修离开镇阳，灰溜溜地赶往滁州贬所。

度汴河时，蓦然抬头，他看见青蓝的天空上，一行南飞的大雁
与他同行，于是写下一首诗：

> 阳城淀里新来雁，
>
> 趁伴南飞逐越船。
>
> 野岸柳黄霜正白，
>
> 五更惊破客愁眠。

二

> 其西南诸峰，林壑尤美，望之蔚然而深秀者，琅琊也。
> 山行六七里，渐闻水声潺潺，而泻出于两峰之间者，酿泉也……

欧阳修从帝王之都奔向闭塞荒凉的小城滁州，心情就像帝
国的前景一样无比晦暗。此前，范仲淹罢参知政事，知邠州；
富弼罢枢密副使，知郓州；杜衍罢为尚书左丞，知兖州；韩琦
罢枢密副使，知扬州。随着欧阳修被贬，虽然一些新政的种子
仍在帝国的土地上暗中发芽，但被寄予厚望的"庆历新政"基
本上成了秋风落叶，四散飘零，大好形势，毁于一旦。庆历五
年的冬天，是他心里最寒冷的冬天。初到滁州，欧阳修的心情
怎么也晴朗不起来，那基调就像他过汴河时写在诗里的，"野岸

柳黄霜正白，五更惊破客愁眠"。

欧阳修被贬的真实原因是他支持新政，却因这样一种道德"恶名"被政治对手收拾，这一定让他感到意外、窝囊、恶心。尽管所谓私通之事被认定子虚乌有，但这样的事，终究说不清道不明，别人不问，他也就没法说，即使说了，恐怕也是"越描越黑"，回应他的，只有"黑暗中的笑声"。直到今天，这段"私生活问题"仍然是史学家们聚讼纷纭的公案。这是他的尴尬处，也是私生活抹黑容易得手的原因。

我们常说恢复名誉，其实名誉是不可恢复的，因为毁誉犹如毁容，是一个不可逆的过程，一旦损毁，再难修复。一切尽在不言中，那不言中，又似乎含纳了无尽的深意。他被小人包围，被流言所伤，仿佛被成群的蚊虫围攻，"虽微无奈众，惟小难防毒"。一切都在暗地里运行，"在黑暗的时刻出现，在阴晦的角落聚集"，看不见，摸不着，却能要人死命，纵想反抗，也无从下手，像欧阳修说的："手足不自救，其能营背腹。"

站在荒野上，犹如陷入"无物之阵"，欧阳修心里堵着一口闷气，他一定很想透气，想呐喊，想咆哮，但他的呼喊，很快被旷野吸纳，听不到任何回声。

只有少数人能理解他，比如远在江西的曾巩，他相信欧阳修的人格，他在给欧阳修的信中写道："至于乘女子之隙，造非常之谤，而欲加之天下之大贤，不顾四方人议论，不畏天地鬼神之临己，公然欺诬，骇天下之耳目，令人感愤痛切，废食与寝，不知所为。噫！二公（指欧阳修、蔡襄——引者注）之不幸，实疾首蹙额之民之不幸也！"[5]

曾巩的几行字，让他在悲凉中感到一丝暖意，却无法改变他的现实处境。他决定逃离那张由流言蜚语编织起来的大网，逃离那些闪烁着某种幸灾乐祸的、暧昧的眼神。他愿意去滁州，像他《滁州谢上表》所写：

> 论议多及于贵权，指目不胜于怨怒。若臣身不黜，则攻者不休，苟令谗巧之愈多，是速倾危于不保。必欲为臣明辩，莫若付于狱官；必欲措臣少安，莫若置之闲处。使其脱风波而远去，避陷阱之危机。虽臣善自为谋，所欲不过如此。

或许，只有远去滁州，才能平息这所有的非议。

所幸，他去的是滁州，地处长江下游北岸的一座小城。到了那里，他才发现这里竟是阳光明媚、雨水充沛、大地润泽、山峦起伏，滁河及清流河贯通境内，通江达海，让他的目光变得幽远而澄澈，连呼吸都一下子清朗起来。他千里迢迢奔波而来，抵达的，竟然是一块风水宝地。

就像他在《丰乐亭记》里写的，五代干戈扰攘之际，这里曾历经战火。公元 956 年，时任后周大将的宋太祖赵匡胤与南唐中主李璟的部将皇甫晖、姚凤会战于滁州清流山下，南唐军队败入滁州城。随后赵匡胤在东城门外亲手刺伤皇甫晖，生擒二将，攻占滁州。如今，百年已逝，但见山高水清，昔日战争的疮痍已经消泯无痕，滁州变成了一个封闭安定的世外桃源。由于不在水陆要冲之地，当地百姓基本不了解外界所发生的一切，安于耕田种地、自给自足，快乐恬适地度过一生。[6]

这不就是传说中的世外桃源吗？人民不知有汉，无论魏晋——为什么非知道它们不可呢？

这是一块没有被政治污染的地方，政治如泰山压顶，让人去承受生命中不能承受之重，滁州却让人的身体变爽，精神变轻，轻得可以飞起来，飞越屋顶，飞越田野，飞越山川河流。在滁州，连文字都是干净的，不再涉及党争、攻讦、表白、谩骂，不再有火气，要有，也只有烟火气。那是人世的气息、生命的气息、让内心安妥的气息。他感到自己的身体无限地敞开了，犹如一棵树，在大地上默然生长，浑身通透地伸展着枝叶。他写《秋声赋》，其实他不仅听见了秋的声音，包含了风雨骤至的声音、草木凋零的声音、虫鸟唧唧的声音，其实他听见了万物的声音——这世间的一切，其实都是会说话的，但寻常人追名逐利，神经功能被遮蔽掉，"五色令人目盲，五音令人耳聋，五味令人口爽，驰骋畋猎令人心发狂"[7]，才对它们闭目塞听。只有像欧阳修这样，把自己变成了零，才听得懂这所有的语言。他的语言，不过是复述了万物的语言。从这个意义上说，滁州不仅抚慰了欧阳修，而且养育了欧阳修，让他的生命意义变大了，语言的世界也随之壮大。它让一个语言锐利的谏官，一步步成为文学史里的大家，变成世人皆知的"醉翁"。

他书写的神经被激活，让九百多年后的我们，在书页间读到了这样的文字："修之来此，乐其地僻而事简，又爱其俗之安闲。既得斯泉于山谷之间，乃日与滁人仰而望山，俯而听泉。掇幽芳而荫乔木，风霜冰雪，刻露清秀，四时之景，无不可爱……"

滁州给他的一切，朝廷不会给。朝廷可以给他官职，却从来不会像这样让他的生命变得如此充沛和丰饶。

三

峰回路转，有亭翼然临于泉上者，醉翁亭也。作亭者谁？山之僧智仙也。名之者谁？太守自谓也。太守与客来饮于此，饮少辄醉，而年又最高，故自号曰醉翁也……

　　我一直很想去滁州，去拜会醉翁亭，看醉翁是否还在那里醉着，但又很怕去，担心看到另外一个滁州，一个现代的、拥挤的、充满商业趣味的滁州，把世界上所有的新鲜事物在城市里一一罗列，以彰显它的"与时俱进"，更担心看到滁州像许多地方一样，把"名人效应"发挥到无孔不入，让欧阳修成为无数品牌的代言人，说不定有各种以欧阳修命名的景点在等待着我。这几乎已经成为许多历史文化名城的通病，在很远的距离之外，在抵达之前，我们就可以嗅到它的气息。

　　假如有时光飞船，我还是愿意回到庆历六年（公元 1046 年）的滁州，去看欧阳修看见过的丰山，去饮欧阳修饮过的酿泉，"俯仰左右，顾而乐之"[8]。然后，摆酒，我们相对而坐。不是在什么华堂美厦，而就在山水林泉。据说，他在扬州任太守时，每年夏天，都会携客到平山堂，派人采来荷花，分别插于盆中，放在来客之间，叫歌妓取荷花相传，依次摘花瓣，谁摘掉最后一片，就罚酒一杯。

　　欧阳大人说了，他不善饮酒，"饮少辄醉"，估计不到半斤的量，所以我把他弄醉应当不是件什么难事。但欧阳修的魅力，正在于醉。没有醉，就没有"醉翁"了。醉是一种幸福，醉是一种境界，甚至，醉也是一种醒——你看，"醉"与"醒"，都是"酉"字边，都与酒有关。没有酒哪来的醉？没有酒哪来的醒？

其实，醒就是醉，醉也是醒。该醒则醒，该醉则醉。世人皆醒
我独醉，世人皆醉我独醒。只有真正的智者，能够在醉与醒之
间自由地往返。

　　欧阳修的醉与醒，总让我想起苏东坡的那首《临江仙》：

> 夜饮东坡醒复醉，
> 归来仿佛三更。
> 家童鼻息已雷鸣。
> 敲门都不应，
> 倚杖听江声。
>
> 长恨此身非我有，
> 何时忘却营营。
> 夜阑风静縠纹平。
> 小舟从此逝，
> 江海寄余生。[9]

　　醒复醉，就是醒来之后又醉，是一场接一场的醉，其后
当然是一次接一次的醒。醉了又醒，醒了又醉，谁又能分清，
他写词的当下是醒还是醉？就像我们常常把梦当作现实，或

者把现实当作梦。我二十多年前读过史铁生先生的一个短篇小说，至今印象很深，名叫《往事》，就是讲述梦的。他在梦里回到了过去，当梦里发生的事情进行到最紧要的环节，他突然醒了，于是在"现实"中，开始"经历"另外一件事情，又到了关键时刻，他再一次醒了，发现那还是梦。他就这样，从一个梦跌入另一个梦，他已分不出梦与现实的区别，只能在不同的梦里徘徊，每一场梦都好似生命的一个轮回，以至于读到他最后终于醒来、回到了"当下"，我忍不住要问：他还能不能再醒一次？

卓越的艺术家，都是醉与醒之间的自由往返者。没有醉，哪来王羲之的《兰亭序》，哪有曹孟德的《短歌行》？从商周青铜器到唐诗宋词，我从中国古代艺术里闻到了丝丝缕缕的酒精味儿。所以李白说了，"钟鼓馔玉不足贵，但愿长醉不复醒。古来圣贤皆寂寞，唯有饮者留其名。"[10] 在李白老师看来，一个喝酒的人是可以成名的，成为天下人的偶像。《二十五史》里，有多少权贵出出进进，谁能说出几个宰相的名字？但像竹林七贤、饮中八仙的名字，却流传至今。到底谁寂寞呢？我看寂寞的是那些宰相权贵，他们权倾一时，前呼后拥，一旦他们丢失了权力，就"门前冷落车马稀"，淡出人们的视野，被历史遗忘。相比之下，倒是李白所说的饮者——实际上他们是贤者、智者——可能受到一时的冷落，却在后世赢得了成千上万的拥趸。

李白喝酒厉害，"一日须倾三百杯"，我说的不是饮，是喝，像喝水那样地喝。那般豪饮，一般人跟不上节奏，不大工夫就会醉眼迷离——只要不是色眼迷离就好。欧阳修"饮少辄醉"，我猜他一定不是饮，而是小酌。宋代文人生活是优雅的、精致的、细腻的，不会像《水浒传》里写的，动不动就一壶烧酒，二斤牛肉，其他什么都没有。欧阳修饮酒，其实不是饮，更不是喝，是一小口一小口地咂，一壶酒、几碟菜，可以"坚持"半天，让千种风景、万般思绪，都随着酒液，一点点地渗入身体，让灵魂变轻，一点点地飘浮到空中。

否则，以欧阳修那点酒量，不是分分钟就结束战斗了？

酒液也改变了他文字的酒精浓度，欧阳修的诗词，也总是带着微醺的感觉。他的词里，有"一片笙歌醉里归"[11]，有"稳泛平波任醉眠"[12]，有"把酒祝东风，且共从容"[13]，有"为公一醉花前倒，红袖莫来扶"[14]。他的诗里，有"野菊开时酒正浓"[15]，有"鸟啼花舞太守醉"[16]，有"酌酒花前送我行"[17]……我最喜欢的，是这首《梦中作》：

夜凉吹笛千山月，
路暗迷人百种花。

棋罢不知人换世，

酒阑无奈客思家。[18]

这是一首记梦诗，中国诗歌史上很少有一首诗像它这样魔幻，这样诡异，这样超现实。诗中有夜、有路、有月、有花，诗人须发飘逸，手持酒壶，不知穿越了几世几劫，从一个个轮回里醒来，在梦幻与现实间辗转……

四

其实，欧阳修不只是因为酒而醉，因为酒而醒，真正让他沉醉的，是文字的世界、艺术的世界。他在王朝政治里丢失了自己，又在文化的世界里找回了自己。在那个世界里，他能找回属于自己的尊严，体会到自己的强大。那是一种不在乎别人践踏、别人也无法践踏的强大。苏东坡自问："长恨此身非我有，何时忘却营营？"精神世界里的陶醉，才能让他真正为自己做主，忘却现实中的蝇营狗苟，自由自在地驰骋江湖。"小舟从此逝，江海寄余生"，不是说他真的要跑（他这一句词曾令负责看守他的黄州知州徐君猷大惊失色，以为苏东坡要趁夜色潜逃），而是描述他想要的自由。那是另一个世界里的自由，可以抵消现实世界中"此身非我有"的不自由。

　　苏东坡不会跑，所以当徐君猷匆匆赶到苏东坡的家，发现苏东坡正倒头大睡，鼾声如雷。"敲门都不应"的，不再是家童，而是变成了苏东坡自己。但他的身体里有一个魂魄，他的魂魄会跑。那是他的另一个自己，是世界上另一个我。当一个苏东坡被困在肉体中，另一个苏东坡却正在四处奔行，四海纵横。

　　许多现实中人，只看得见苏东坡的肉体，看不见苏东坡的魂魄。他四处奔走的魂魄，都在纸页间留下了雪泥鸿爪，变成《念奴娇·赤壁怀古》，变成前后《赤壁赋》，变成《寒食帖》，纵千年之后仍然雄姿英发，神采奕奕。

　　苏东坡是在什么时候第一次读到《醉翁亭记》，不得而知。《醉翁亭记》没有在报纸杂志上发表过，但自从庆历八年（公元1048年），欧阳修的朋友陈知明将它勒刻石上，拓印者纷至沓来，"天下莫不传诵，家至户到，当时为之纸贵"[19]，传播的广度，堪比今天微信抖音。只是这最早的《醉翁亭记》刻石，早已不在世间。

　　皇祐元年（公元1049年）前后，太常博士沈遵跑到滁州，在欧阳修的《醉翁亭记》之外，亲眼见到了滁州的景色，心有所动，作了一支宫声三叠的琴曲《醉翁吟》。苏东坡听了，深爱这支琴曲，说它"节奏疏宕，而音指华畅，知琴者以为绝伦"[20]。或许，那是苏东坡第一次知道"醉翁亭"。

北京故宫博物院藏有同样署款"眉山苏轼"的草书《醉翁亭记》明拓本［图7-1］，熟悉苏东坡书风的人一看便知是假，经专家鉴定，它真正的书写者是金代翰林学士赵秉文，在故宫博物院藏金代赵霖《昭陵六骏图》后，有赵秉文跋，赵秉文的书法长什么样，一望而知。作伪者是在去掉了赵秉文款之后，将这卷伪托"眉山苏轼"的草书《醉翁亭记》勒刻上石的。在中国文物交流中心，还藏有一件纸本的"苏东坡草书"《醉翁亭记》，是明人根据拓本临写的。[21]但苏东坡爱酒，也爱《醉翁亭记》，这一点无可置疑。

除了《醉翁亭记》，欧阳修还写过一首五言诗，可以与《醉翁亭记》形成互文关系，叫《题滁州醉翁亭》。诗的最后几句是这样写的：

> 所以屡携酒，
> 远步就潺湲。
> 野鸟窥我醉，
> 溪云留我眠。
> 山花徒能笑，
> 不解与我言。
> 惟有岩风来，

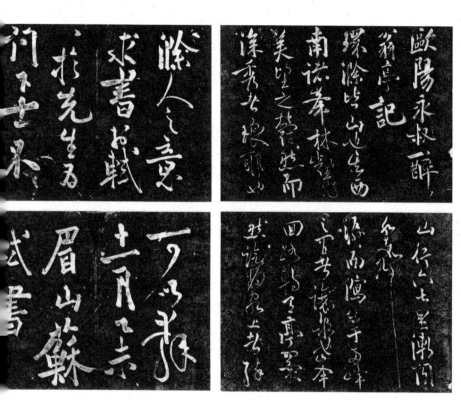

[图 7-1]

《醉翁亭记》册（局部），北宋，苏轼（伪，明拓）

臨閣永卅一酉 翁亭記 環滁皆山也

吹我还醒然。[22]

"野鸟窥我醉，溪云留我眠"，这是何等的快意与潇洒；"山花徒能笑，不解与我言"，又是何等的孤独。他的醉，他的眠，终被山风吹醒，"惟有岩风来，吹我还醒然"，又让我想起苏东坡的"料峭春风吹酒醒"。这不是"醒复醉"，而是"醉复醒"。"醉复醒"，就是一次死复生，就是托尔斯泰描述过的复活，是一次灵魂的再生，醒来后他见到的世界，已经与他醉之前迥然不同。

欧阳修也好，苏东坡也罢，当酒液一点点地渗入他们的身体，他的世界不是醉去了，而是一点点地醒来。我在《永和九年的那场醉》里不是写了吗，"艺术是一种醉，不是麻醉，而是能让死者重新醒来的那种醉"。或者说，是一个世界醉去了，另一个世界正在苏醒。那是一个惊风雨的世界，那是一个通鬼神的世界。与那个醉去的世界相比，醒来的世界更深广，更立体，更威风八面、不可一世。

五

醉翁之意不在酒，在乎山水之间也。山水之乐，得之心而寓之酒也……

　　宋代文人大面积的贬谪，形成了一种独特的贬谪文化。这个文化，别的朝代没有。宋代是真正的"人类群星闪耀时"，但这群星中的大部分人都没逃过贬谪。对于宋代文人来说，贬谪似乎已不是"无妄之灾"，而几乎成为必须接受的命运，成了他们官场生涯的必修课，让他们在政治梦想中断的地方，生长出新的生命意义。他们通过科举走上仕途，儒家文化为他们设定了修身齐家治国平天下的人生程序，假若没有贬谪，政治生涯没有突如其来的中断，他们一定会按既定方针办，将已经设定好的程序进行到底。但贬谪来了，他们的政治梦想无以为继了，他们一下子被逐出朝廷，被发往老少边穷之地，纵然"处江湖之远而忧其君"，但他们的身份、地位、现实处境都发生了变化，有些人（像苏东坡、黄庭坚、辛弃疾）还要自己开荒种地，才能养活全家。他们的地位已然介于官员与百姓之间，这不仅让他们经历了一份"计划外"的艰辛，也让他们的生命更多与土地、人民相连。尤其是屡次变法失败，让他们更加清醒地打量民间社会。他们从中央走到地方，官变小了，世界却变大了。他们被贬谪到帝国的远方，这让他们不仅能"居庙堂之高"，更能"处江湖之远"，去近距离地打量城郭人民，像帝国中枢分蘖出的神经末梢，更真实地体验他们的悲欢苦乐。这一"高"一"远"，拉开了他们生命的纵深，使他们的世界，不再只容得下策论、上疏、廷辩，更装下了风雪冰霜、江湖夜雨，也让他们的文字里，不再只有画船载酒、急管繁弦的风雅浪漫，而是变得连天接地、惊鬼通神。

于是，贬谪就成为一个自我转型、自我重塑的机会。他们从政治中来，经过这样的历练、这样的转型，他们的生命意义已经大于了政治，超越了政治，包括且不限于政治。他们或许还要回到政治中去，但他们的政治，已经是高于政治的政治，不再是天子的政治，而是天下的政治。

宋代是中国艺术的黄金时代，许多艺术家同时是政治家，他们的政治生涯和艺术生涯是重合的。政治是压抑人性的，他们却在政治体制内保留了自我，保留了天性，保留了属于孩童的那一份烂漫，梦想的光源从来不曾被阻断，很大程度上归因于他们在自然、民间、社会中汲取的精神能量。他们的人生，也不再只是政治的人生，更是艺术的人生、审美的人生。他们让后人们知道，不仅自然可以审美，艺术可以审美，人生，也是可以审美的。就像我曾经多次引用过的顾城的那句诗："人可生如蚁而美如神"——纵然生命如蚂蚁般卑微，只要人格精神是美的，人就是美的。黄庭坚称之为"不俗"，这"不俗"，就是平心静气地面对日常生活，但不被日常生活所隐没，那未曾沉没、未被隐没的部分，就是一个士人的精神理想、气质人格。

假如我们的眼光能够超越政治的实用主义去看待晏殊、欧阳修、苏东坡、黄庭坚、米芾这一干人等，我们就会发现，无论他们的命运如何大起大落、现实处境何等不堪，像苏东坡《寒食帖》里写的"泥污燕支雪"，像陆游《卜算子·咏梅》里写的"零落成泥碾作尘"，他们的生命境界都是那么美。不只美在他们的诗词、书法，他们的衣食住行、举手投足都是美的。江湖苦难中生长出的美也是美，而且比庙堂广厦中的美还要美。

于是我们看到一个有趣的现象，宋代文人贬谪的高峰，同时也是中国文学和艺术史创作的高峰。范仲淹被贬知邓州，写下了《岳阳楼记》；苏舜钦被开除公职，扁舟南游，旅于吴中，写下《沧浪亭记》；欧阳修被贬知滁州，写下了《醉翁亭记》。《岳阳楼记》《沧浪亭记》《醉翁亭记》，中国散文史上这著名的"三记"，居然都写于同一时期，而且都与贬谪、削籍这些倒霉的事有关。

他们的贬谪之地，也因此不再是他们临时待过的一个地方，而是成了他们精神上的再生之地。欧阳修自号"醉翁"，苏轼自号"东坡居士"，黄庭坚自号"涪翁"（黄庭坚另一号为"山谷道人"，是他在赴任太和知县时取的），都是以贬谪之地为自己命名，以此来表达对它们的纪念。这些贬谪之地、流放之所，也成了中国文学、艺术史上的圣地。对中国现代作家，故乡是最重要的，无论来自绍兴的鲁迅，来自湘西的沈从文，来自呼兰河的萧红，故乡都是最重要的文学资源。宋代艺术家一生创作的原动力则来自贬谪之地，他们的故乡，如欧阳修的庐陵、苏东坡的眉山、黄庭坚的修水，却很少引起注意，对他们政治和艺术生涯的影响，也不及贬所。故乡是他们生命的原发地，贬谪之地却成了他们生命的"二级火箭"，直接决定了他们飞行的高度。

在贬谪之地，他们脱胎换骨，变成了那个最好的自己。这是贬所的风水所养，是艰苦的环境所炼，也是他们的内心所修。欧阳修在醉翁亭里饮酒，与此同时，在长江中下游的姑苏城里，他的好友苏舜钦也在沧浪亭里饮酒。那时没有手机，不通微信，他们却在酒的倒影里看见了彼此。这是一种别样的相逢，玉液琼浆，让他们身隔万里却心神相通。所以苏舜钦说："觞而浩歌，踞而仰啸，野老不至，鱼鸟共乐"（觞是酒器，用来指代饮酒）；所以欧阳修说："太守与客来饮于此，饮少辄醉"，"醉翁之意不在酒，在乎山水之间也"；所以苏舜钦把《沧浪亭记》寄给欧阳修，欧阳修写下七言古体诗《沧浪亭》回应。最后几句，我以为是对他们心路历程的极佳总结：

> 崎岖世路欲脱去，
> 反以身试蛟龙渊。
> 岂如扁舟任飘兀，

红蕖渌浪摇醉眠。

丈夫身在岂长弃?

新诗美酒聊穷年。

虽然不许俗客到,

莫惜佳句人间传。[23]

六

　　若夫日出而林霏开, 云归而岩穴暝, 晦明变化者, 山间之朝暮也。野芳发而幽香, 佳木秀而繁阴, 风霜高洁, 水落而石出者, 山间之四时也。朝而往, 暮而归, 四时之景不同, 而乐亦无穷也。

　　此等绝美文字, 是欧阳修在滁州"修"来的。欧阳修不只"修"身、"修"心, 还"修"亭。没有滁州, 欧阳修就不会"修"醉翁亭;"修"了醉翁亭, 欧阳修才会写下《醉翁亭记》;写下《醉翁亭记》, 欧阳"修"才真正成为我们熟悉的那个"欧阳修"。从这个意义上说, 欧阳修要感谢宋仁宗, 感谢贬谪, 感谢他生命中所有的挫折, 当然, 他最该感谢的, 是滁州。

　　他其实还应该感谢自己, 因为他的精神世界, 已经随着命运的变化发生了变化。滁州的欧阳修, 已不再是汴京的欧阳修。

搞艺术犹如谈恋爱，在适合的地点，在适合的时机，遇到了适合的人，才孕育出了这样适合的文字。

唐宋八大家，是散文的八大家。若说词，欧阳修不如他的晚辈苏东坡、辛弃疾有浩荡之气；若说书法，也比不上苏、黄、米、蔡。但欧阳修的散文绝对可以纵横四海、笑傲古今。唐宋八大家中，唐朝占两位，即韩愈、柳宗元；宋朝占六位，即欧阳修、苏洵、苏轼、苏辙、王安石、曾巩。这八位中，欧阳修是一位承上启下的人物、一个关键性的枢纽。在他的前面，站着韩愈、柳宗元，他们破骈为散，"文起八代之衰"，共同倡导了"古文运动"，重视作家的品德修养，重视写真情实感，强调要有"务去陈言"和"词必己出"的独创精神。欧阳修则把这样一种文体精神带入宋代，醉心于清新流畅、平易自然的风格，一个写作者内心世界的丰赡与深厚，是从文字里流出来的，无须靠艰涩古奥、装腔作势的文句来吓唬人。写作者的内心深厚了，表达反而云淡风轻。

《醉翁亭记》里，我们看见了滁州的山、水、云、树，也看见了欧阳修自己。

郑骞先生说："上古以至中古，文化的各方面都到唐宋作结束。就像一个大湖，上游的水都注入这个湖，下游的水也都是由这个湖流出去的。而到了宋朝，这个湖才完全汇聚成功，唐时还未完备。"[24]

假如宋代是一个大湖，欧阳修就是湖边的一个池塘，平静、深厚，不浮躁，不喧嚣，无风不起浪，有风也不起什么大浪，但韩愈、柳宗元的文脉流过来，汇聚到他这里，与山水风物相结合，与他的魂魄精气相结合，自成了一种气派，又经过他，分蘖出许多支流，让后人在最大的面积上得到恩惠。宋朝的"六大家"，乃至宋初的文坛，欧阳修无疑是核心，是盟主，是灵魂人物。有他的招引，散文"六大家"才能齐聚北宋文坛，成为中国文学和艺术史上最辉煌的记忆。

南宋时，曾有人买到《醉翁亭记》手稿，发现文章开头曾用几十字描写滁州四面有山的环境气氛，最后全部涂抹掉，只留"环滁皆山也"五字，极其简洁有力，可见欧阳修把"务去陈言"落到了实处。

也正因如此，当嘉祐二年（公元 1057 年），苏洵携二子（苏轼、苏辙）入汴京应试，谒见当时已是翰林学士的欧阳修，欧阳修一见苏洵文章，就心生欢喜。第二年苏轼、苏辙、曾巩参加科举考试，作为主考官的欧阳修见到苏轼的试卷（因糊名制，阅卷时还不知考生名字），就眼前一亮。那一年，苏轼第二、曾巩第三、苏辙第五，苏轼中进士后，给欧阳修写了一封感谢信。欧阳修回信称赞苏轼文章写得好，说读着他的来信，"不觉汗出"，感觉自己也该避让这后生三分，还说"三十年后，世上人更不道着我"，意思是三十年后就没人知道我，只知道苏轼了。而王安石，是曾巩介绍给欧阳修，才步入北宋政坛的，王安石也说："非先生（指欧阳修）无足知我也。"[25]

可惜的是，欧阳修的墨迹，南宋人看得到，如今可见的，却只有北京故宫博物院藏《灼艾帖》[图7-2]，辽宁省博物馆藏《自书诗文稿》[图7-3]，台北故宫博物院藏《集古录跋》[图7-4]、《上恩帖》等，屈指可数了。

其中，北京故宫博物院藏《灼艾帖》，是欧阳修给长子欧阳发的信札。帖中"见发言"，不是他看见了什么，要发言，这"发"，就是欧阳发，"发言"，就是欧阳发说的话；"灼艾"，是艾灸，中医疗法之一，通过燃烧艾绒熏灸人体一定的穴位。《宋史》曰："太宗尝病亟，帝往视之，亲为灼艾。"[26]据介绍，"彼时，他听长子欧阳发说，故人有恙，曾经灼艾治疗，便书帖询问身体近况如何，并邀故人相见，当面一起聊聊天。"[27]

有这么一段评述，深得我心：

"这一卷《灼艾帖》，想必也是带着酒意写下来的。顿挫起伏，转折迂回，像风一样无形，像水一样波浪，绵如虬枝，细如卧蚕，豪气里带着柔情，从容里带着迫切，思相见，思相见，不知故人何时来。"[28]

脩啓多日不相見誠以區區見發言曾灼艾不知體中如何來日脩偶在家或能見過此中醫者常有頗非俗工深可與之論權也亦有閑事思相見不宣　脩再拜　學正足下　廿八日

图 7-2]

灼艾帖》卷，北宋，欧阳修

北京故宫博物院 藏

第七章　　欧阳修的醉与醒　　275

"书法上，他称不上大家。但年少时芦荻作笔，在地上习字，笃之弥深，也有独到见解：不能专师一家，模拟古人，而贵在得意忘形，自成一家之体，否则沦为书奴。"[29]欧阳修书法，敦厚中见凌厉，练达中见机趣。苏东坡评说欧阳修书法时用了八个字："清眸丰颊，进退晔如"。[30]一如他的散文，更如他的本人。所以见欧阳修的书法，就像看见了欧阳修，"手执酒壶，坐在众人中间，一杯复一杯地畅饮，那么的烂漫自由。等酒壶里空了，起身欲寻，一个趔趄，碰落一树梨花雪。"[31]

七

至于负者歌于途，行者休于树，前者呼，后者应，伛偻提携，往来而不绝者，滁人游也。临溪而渔，溪深而鱼肥。酿泉为酒，泉香而酒洌；山肴野蔌，杂然而前陈者，太守宴也。宴酣之乐，非丝非竹，射者中，弈者胜，觥筹交错，起坐而喧哗者，众宾欢也。苍颜白发，颓然乎其间者，太守醉也。

在滁州"酒坛"上，欧阳修也是天然的盟主，所以无论在林中奔走，还是宴酣之乐，欧阳修也都是前呼后拥的核心人物。

他号称"六一居士"。他藏书一万卷、集金石遗文一千卷、琴一张、棋一桌、酒一壶，加上他自己—— 一个"既老而衰且病"的破老头，刚好是六个"一"。

但这是一个好玩的老头，好乐的老头，好酒的老头。这样的一个老头，归根结底是强大的，老、衰、病都打不垮他。寒风吹彻头顶，他心中存满暖意。那份暖，是那壶酒带给他的，不仅暖身体，更加暖精神。所以他心甘情愿，"老于此五物（书、金石遗文、琴、棋、酒）之间"，因"得意于五物"，所以"太（泰）山在前而不见，疾雷破柱而不惊"。[32]

以后的岁月里，对他的攻击指责依然不断重演，甚至于，他晚年失去了第四个孩子，自己也"衰病交攻，心力疲耗"，却再度遭到"生活作风问题"（和长儿媳关系暧昧）的诋毁，他像一粒微小的尘埃，被风吹到不同的地方，但只要手中有书，身边有酒，他就可以找到可以安眠的地方。

宋神宗即位，王安石变法，神宗要请欧阳修做宰相，但欧阳修看惯了这些"正义"的把戏，权不当回事了，一再要求致仕还乡，终于在熙宁四年（公元 1071 年），六十五岁上得到皇帝恩准，他选择了他当过太守的颍州[33]作为他终老之地，"引壶觞以自娱，期隐身于一醉……烹混沌以调羹，竭沧溟而反爵"[34]，不再想主宰社稷，只想当风月主人。

苏东坡说："江山风月，本无常主，闲者便是主人。"

苏东坡知他，说："琅琊幽谷，山水奇丽，泉鸣空涧，若中音会，醉翁喜之，把酒临听，辄欣然忘归。"[35]

苏轼、苏辙兄弟一起来颍州看他。那时，"乌台诗案"还没有发生，苏轼还没有被贬去黄州，没有"东坡居士"这个号，世界上还没有"苏东坡"，只有苏轼。欧阳修与苏轼、苏辙泛舟西湖，赋诗饮酒。西湖、美酒、"二苏"，他最喜爱的人与事，此刻都聚齐了，天下还有比这更让人高兴的事吗？

欧阳修说：从前有人乘船遇狂风，大惊成病，医生从船舵上刮下一些粉末，与丹砂、茯苓等一起煎成汤药，给受惊者服下，竟然痊愈。

苏东坡说：以此类推，喝伯夷的洗脸水可以治贪，吃比干的剩饭可以治佞，舔樊哙的盾牌可以治怯，嗅西施的耳坠可以治丑……

说罢，三人大笑。

这是现实，还是梦境？

是醒，还是醉？

但无论如何，他都知足了。

知足者常乐，子非鱼，安知鱼之乐？

欧阳修是知足者，所以他常乐。

苏轼、苏辙兄弟走了，但他的乐还在。

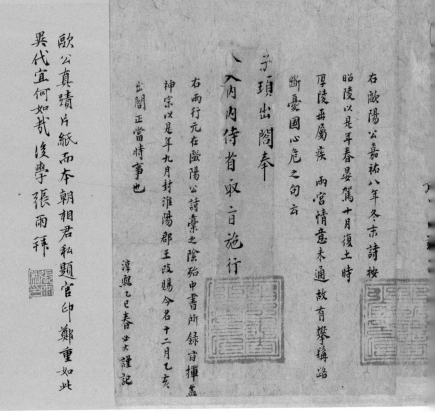

右歐陽公嘉祐八年冬末詩按
昭陵以是年春晏駕十月復土時
厚陵再屬疾兩宮情意未通故有攀髯路
斷憂國心危之句云

宇頊出閣奉
入內內侍省取旨施行
右兩行元在歐陽公詩槀之陰始中書所錄旨揮盖
神宗以是年九月封淮陽郡王政賜今名十二月乙亥
出閣正當時事也

淳熙乙巳春止火謹記

歐公真蹟片紙而本朝相君私題官印鄭重如此
異代宜何如哉　後學張雨拜

[图7-3]

《自书诗文稿》卷，北宋，欧阳修

辽宁省博物馆　藏

自唐末之亂士族亡其家譜　今　　雖顯族名家多失

其世次譜學由是廢絕而唐之亂　族嘗有藏其舊譜者時得

見之而譜無圖盖其上之抑　　備前世簡而未備歟　因緣太書

公事來斷主詩譜略依其上下旁行　作為譜圖上自高祖下

逮玄孫而別自為世　　　為世者上系其祖下繫其

遠祖兄弟別而九族之親備雅而上之則知源流之所自旁

　　見則見子孫之多少凡玄孫別而自為世者各繫其子孫目

行　文則見子孫之多少凡玄孫別而各繫其

上同者書而下別者其類踈如此則子孫雖多而不亂世雖

遠而其傳至為　此譜圖之法也

　　　　石歐陽氏譜圖序藁

翰林平日揆摩公文酒相歡慰痾翁

白首歸田　貢約黄扉論道愧無切

攀聯路漸三山遠夏國心危百虑攻

右歐陽氏譜圖序稾

翰林平日接辱公交遍相歡慰福銷

白首歸田寛有　貢約黃扉論道愧無功

攀聯路斷三山遠夏國心花百歲攻

今夜靜聽丹禁漏過疑身在玉堂中

夜宿中書東閣

攻字同韻苦

自唐末之亂士族亡其家譜●今□□□難□□族●名家多失

其世次譜學由是廢絶而唐之舊族嘗有藏舊譜者時得

見之而譜無圖豈其亡之抑●前世譜簡而未備歟●固緣□大上

公●東萊鄭玄詩譜畧依其上下旁行●作為譜圖上自高祖下

止云孫而別自為世●見●為世者上承其祖□為玄孫下繫其

魯高祖凡世再別而九族□□□一親備雅而上之則知源流之所自旁●

●而別之□□□文則見子孫之多少□見玄孫別而自為世者各繫其一子孫□

上同其高祖而下別其親踈如此則子孫雖多而不亂世世相

遠而□□傳至□□此譜圖之法也

君。漢西巖華山廟碑，文字尚完可讀

其述自漢以來，六高祖初興改秦淫

祀，太宗承循，各詔有司其山川在諸

侯者以時祠之，孝武皇帝修封禪之

禮，巡省五岳，立宮其下，宮曰集靈宮

殿曰存僊，殿門曰望僊，門仲宗之世使

[图7-4]

第七章 | 欧阳修的醉与醒 | 283

《集古录跋》卷（局部），北宋，欧阳修

台北故宫博物院 藏

有酒，就有醉；有醉，就有醉翁；有醉翁，就有醉翁之乐。

八

　　已而夕阳在山，人影散乱，太守归而宾客从也。树林阴翳，鸣声上下，游人去而禽鸟乐也。然而禽鸟知山林之乐，而不知人之乐；人知从太守游而乐，而不知太守之乐其乐也。醉能同其乐，醒能述以文者，太守也。太守谓谁？庐陵欧阳修也。

　　第二年，欧阳修在颍州溘然长逝。十年后（元丰五年，公元1082年），苏东坡已在黄州度过了三年的贬谪时光。这一年，庐山的玉涧道人崔闲带着《醉翁吟》琴谱来"雪堂"看望苏东坡，为苏东坡抚琴扣曲，"恨此曲之无词"，于是请苏东坡倚声填词，写下这首《醉翁操》。词中写：

　　　　醉翁去后，
　　　　空有朝吟夜怨。
　　　　山有时而童颠，
　　　　水有时而回川。
　　　　思翁无岁年，

翁今为飞仙。

此意在人间，

试听徽外三两弦。[36]

醉翁走了，又没有走。因为酒还在，醉还在，亭还在，《醉翁亭记》还在，拓还在，曲还在。

有它们在，醉翁就在。

他的欢喜，他的洒脱，留在酒里、醉里、亭里、《记》里、拓里、曲里，在风里、雨里、泪里、笑里。此意，在人间。

我还是没去滁州，但每读《醉翁亭记》，我都觉得自己又去过了一次。

读着，读着，滁州就近了，变得无比熟悉。

我甚至相信，当夕阳在山，人影散乱，跟随醉翁的宾客中，有我一个。

图版说明

第一章　李斯的江山

图 1-1：秦公簋器内铭文拓本，春秋，中国国家博物馆藏

图 1-2：陈仓石鼓中的汧殹石，先秦，北京故宫博物院藏，曹一尘摄

图 1-3：石鼓文册，战国，明拓，北京故宫博物院藏

图 1-4：《泰山刻石》拓片，秦，李斯（明拓），北京故宫博物院藏

图 1-5：《楼兰文书残纸》（局部），魏晋，苏德兴

第二章　永和九年的那场醉

图 2-1：《兰亭集序》卷，东晋，王羲之（唐冯承素摹），北京故宫博物院藏

图 2-2：《颖上兰亭序》册（局部），东晋，王羲之（清拓），北京故宫博物院藏

图 2-3：《定武本兰亭》册（局部），东晋，王羲之（宋拓），北京故宫

第五章　吃鱼的文化学

图 5-1：《食鱼帖》卷，唐，怀素，私人收藏

图 5-2：《肚痛帖》（局部），唐，张旭（明刻），西安碑林博物馆藏

图 5-3：《古诗四帖》卷，唐，张旭，辽宁省博物馆藏

图 5-4：《自叙帖》卷（局部），唐，怀素，台北故宫博物院藏

图 5-5：《卜商读书帖》页，唐，欧阳询，北京故宫博物院藏

第六章　蔡襄以及蔡京

图 6-1：《谢赐御书诗表》卷（局部），北宋，蔡襄，日本东京书道博物馆藏

图 6-2：《听琴图》轴（局部），北宋，赵佶（绘）、蔡京（书），北京故宫博物院藏

图 6-3：《雪江归棹图卷跋》，北宋，蔡京，北京故宫博物院藏

图 6-4：《自书诗》卷（局部），北宋，蔡襄，北京故宫博物院藏

图 6-5：《扈从帖》页（局部），北宋，蔡襄，北京故宫博物院藏

图 6-6：《脚气帖》页，北宋，蔡襄，台北故宫博物院藏

第七章　欧阳修的醉与醒

图 7-1：《醉翁亭记》册（局部），北宋，苏轼（伪，明拓），北京故宫

博物院藏

图 7-2 :《灼艾帖》卷，北宋，欧阳修，北京故宫博物院藏

图 7-3 :《自书诗文稿》卷，北宋，欧阳修，辽宁省博物馆藏

图 7-4 :《集古录跋》卷（局部），北宋，欧阳修，台北故宫博物院藏

注　释

自序　故宫沙砾

　　[1]《古物陈列所章程》，原载北平古物陈列所编：《古物陈列所二十周年纪念专刊》，转引自吴十洲：《故宫涅槃——从皇宫到故宫博物院》，第93页，北京：社会科学文献出版社，2018年版。

　　[2] 李敬泽：《小春秋》，第1页，北京：新星出版社，2010年版。

　　[3] 孙机：《从历史中醒来——孙机谈中国古文物》，第445页，北京：生活·读书·新知三联书店，2016年版。

第一章　李斯的江山

　　[1] 今山东省邹城东南。

　　[2] 徐利明：《中国书法风格史》，第46页，郑州：河南美术出版社，1997年版。

　　[3]［美］巫鸿：《时空中的美术——巫鸿中国美术史文编二集》，第47页，北京：生活·读书·新知三联书店，2009年版。

[4] 吕思勉：《中国政治史》，第 39 页，北京：新世界出版社，2016 年版。

[5] ［日］石川九杨：《写给大家的中国书法史》，第 71 页，长沙：湖南美术出版社，2018 年版。

[6] 同上书，第 243 页。

[7] ［美］巫鸿：《时空中的美术——巫鸿中国美术史文编二集》，第 90 页，北京：生活·读书·新知三联书店，2009 年版。

[8] 同上书，第 86 页。

[9] 文彭为明代书法家文徵明之子，被称为"近代篆刻之祖"。古代篆刻，秦汉用铜，宋元用象牙，到文彭、何震的年代，开始使用石头刻字。

[10] ［日］石川九杨：《写给大家的中国书法史》，第 20 页，长沙：湖南美术出版社，2018 年版。

[11] 今陕西省榆林东南。

[12] 今河南省驻马店市。

[13] 鲁迅：《汉文学史纲要》，见《鲁迅全集》，第九卷，第 382 页，北京：人民文学出版社，1981 年版。

第二章　永和九年的那场醉

[1]《兰亭序》，又称《兰亭集序》《兰亭宴集序》《临河序》《禊序》《禊帖》。

[2]〔南朝宋〕刘义庆：《世说新语》，第 334 页，郑州：中州古籍

出版社，2008 年版。

　　[3] 同上书，第 336 页。

　　[4] 黄裳：《故人书简》，第 35 页，北京：海豚出版社，2012 年版。

　　[5] 同上书，第 37 页。

　　[6] 同上书，第 35 页。

　　[7]〔明〕杨慎：《墨池璅录》，见《景印文渊阁四库全书》，总第八一六卷，子部，第一二二卷，第 3 页，台北：台湾商务印书馆，1983 年版。

　　[8] 张节末：《狂与逸》，第 36 页，北京：东方出版社，1995 年版。

　　[9]〔唐〕房玄龄等撰：《晋书》，第 906 页，北京：中华书局，2000 年版。

　　[10] 同上书，第 1430 页。

　　[11] 今江苏南京。

　　[12]〔南朝宋〕刘义庆：《世说新语》，第 59 页，郑州：中州古籍出版社，2008 年版。

　　[13]〔唐〕房玄龄等撰：《晋书》，第 1393 页，北京：中华书局，2000 年版。

　　[14] 同上。

　　[15]〔明〕项穆：《书法雅言》，见《景印文渊阁四库全书》，总第八一六卷，子部，第一二二卷，第 251 页，台北：台湾商务印书馆，1983 年版。

　　[16] 扬之水：《无计花间住》，第 16 页，上海：上海人民出版社，2011 年版。

[17] ［德］马丁·海德格尔:《存在与时间》,第 288 页,北京:生活·读书·新知三联书店,2006 年版。

[18] ［法］艾玛纽埃尔·勒维纳斯:《上帝·死亡和时间》,第 7 页,北京：生活·读书·新知三联书店,1997 年版。

[19]〔唐〕何延之:《兰亭记》,见故宫博物院编:《兰亭图典》,第 401 页,北京：紫禁城出版社,2011 年版。

[20] 明代李日华、近代余绍宋皆认为此文不可信。

[21] 如"岁""群"等字。

[22] 同上。

[23] 如"蹔（暂）"字。

[24]〔元〕倪瓒:《清閟阁集》,第 362 页,杭州:西泠印社出版社,2012 年版。

[25] ［德］赫伯特·曼纽什:《怀疑论美学》,第 222 页,沈阳：辽宁人民出版社,1990 年版。

[26] 梁启超:《李鸿章传》,第 109 页,天津：百花文艺出版社,2000 年版。

[27] 李泽厚:《美的历程》,第 43 页,北京：生活·读书·新知三联书店,2009 年版。

[28] ［德］雷德侯:《雷音洞》,见 ［美］巫鸿编:《汉唐之间的视觉文化与物质文化》,第 264 页,北京：文物出版社,2003 年版。

[29]《宣和画谱》,第 93 页,长沙：湖南美术出版社,1999 年版。

[30]〔先秦〕老子:《老子》,第 101 页,郑州：中州古籍出版社,

2008 年版。

[31] 李泽厚：《美的历程》，第 43 页，北京：生活·读书·新知三联书店，2009 年版。

第三章　纸上的李白

[1] 许倬云：《说中国——一个不断变化的复杂共同体》，第 54 页，桂林：广西师范大学出版社，2015 年版。

[2] 关于《上阳台帖》真伪，历来聚讼不一。徐邦达先生认为，此帖时代不早于五代，比较接近北宋，前隔水上瘦金书"唐李太白上阳台"标题一行，为赵佶即位（十八岁）以前所作，参见徐邦达：《徐邦达集》，第十册《古书画伪讹考辨》，第 126 页，北京：故宫出版社，2005 年版。曾收藏此帖的张伯驹先生则断为李白真迹，而宋徽宗题字为伪。张伯驹先生说："余曾见太白摩崖字，与是帖笔势同。以时代论墨色笔法，非宋人所能拟。《墨缘汇观》断为真迹，或亦有据。按绛帖有太白书，一望而知为伪迹，不如是卷之笔意高古。"参见张伯驹：《烟云过眼》，第 73 页，北京：中华书局，2014 年版。

[3]〔北宋〕黄庭坚：《山谷题跋》，见《山谷题跋校注》，上海：上海远东出版社，2011 年版。

[4] 蒋勋：《美的沉思》，第 118 页，长沙：湖南美术出版社，2014 年版。

[5] 康有为：《广艺舟双楫（外一种）》，第 13 页，北京：中国人民大学出版社，2010 年版。

[6]〔北宋〕欧阳修、宋祁：《新唐书》，第 4411 页，北京：中华书局，

2000 年版。

[7] 同上。

[8] 〔俄〕别尔嘉耶夫：《俄罗斯的命运》，第 1 页，昆明：云南人民出版社，1999 年版。

[9] 李敬泽：《小春秋》，第 132 页，北京：新星出版社，2010 年版。

[10] 〔明〕江盈科：《雪涛诗评》，转引自《丛说二百二十则》，见〔清〕王琦注：《李太白全集》，下册，第 1316 页，北京：中华书局，2011 年版。

[11] 〔南北朝〕郦道元：《水经注》，见朱东润主编：《中国历代文学作品选》，上编，第二册，第 463 页，上海：上海古籍出版社，1979 年版。

[12] 李泽厚：《中国古代思想史论》，第 203 页，北京：生活·读书·新知三联书店，2008 年版。

[13] 李敬泽：《小春秋》，第 134 页，北京：新星出版社，2010 年版。

[14] 张炜：《也说李白与杜甫》，第 193 页，北京：中华书局，2014 年版。

[15] 李泽厚：《中国古代思想史论》，第 191 页，北京：生活·读书·新知三联书店，2008 年版。

[16] 李泽厚：《华夏美学·美学四讲》，第 85 页，北京：生活·读书·新知三联书店，2008 年版。

[17] 〔唐〕李阳冰：《草堂集序》，见〔清〕王琦注：《李太白全集》，下册，第 1231 页，北京：中华书局，2011 年版。

[18] 〔唐〕李白：《与韩荆州书》，见〔清〕王琦注：《李太白全集》，下册，第 1055—1056 页，北京：中华书局，2011 年版。

[19]〔唐〕段成式：《酉阳杂俎》，转引自《李太白年谱》，见〔清〕王琦注：《李太白全集》，下册，第 1360 页，北京：中华书局，2011 年版。

[20]〔北宋〕乐史：《李翰林别集序》，见〔清〕王琦注：《李太白全集》，下册，第 1240 页，北京：中华书局，2011 年版。

[21]〔唐〕李白：《清平调词三首》，见〔清〕王琦注：《李太白全集》，上册，第 266—268 页，北京：中华书局，2011 年版。

[22]〔唐〕李阳冰：《草堂集序》，见〔清〕王琦注：《李太白全集》，下册，第 1232 页，北京：中华书局，2011 年版。

[23]〔唐〕范传正：《唐左拾遗翰林学士李公新墓碑》，见〔清〕王琦注：《李太白全集》，下册，第 1247 页，北京：中华书局，2011 年版。

[24]〔清〕王琦注：《李太白全集》，上册，第 1 页，北京：中华书局，2011 年版。

[25]《海录碎事》，转引自《外记一百九十四则》，见〔清〕王琦注：《李太白全集》，上册，第 1387 页，北京：中华书局，2011 年版。

[26] 今江苏省扬州市广陵区。

[27]〔唐〕李白：《送王屋山人魏万还王屋》，见〔清〕王琦注：《李太白全集》，上册，第 641 页，北京：中华书局，2011 年版。

[28]〔唐〕魏颢：《李翰林集序》，见〔清〕王琦注：《李太白全集》，下册，第 1235 页，北京：中华书局，2011 年版。

[29]〔唐〕杜甫：《春日忆李白》，见萧涤非选注：《杜甫诗选注》，第 16 页，北京：人民文学出版社，2017 年版。

[30]〔唐〕杜甫：《天末怀李白》，见萧涤非选注：《杜甫诗选注》，

第 137 页，北京：人民文学出版社，2017 年版。

[31]〔唐〕杜甫：《冬日有怀李白》，见萧涤非选注：《杜甫诗选注》，第 137 页，北京：人民文学出版社，2017 年版。

[32]〔唐〕杜甫：《梦李白二首·其一》，见萧涤非选注：《杜甫诗选注》，第 134 页，北京：人民文学出版社，2017 年版。

[33] 李长之：《李白传》，第 22 页，北京：东方出版社，2010 年版。

[34]〔南宋〕程大昌：《演繁露》，转引自《附录六　外记一百九十四则》，见〔清〕王琦注：《李太白全集》，上册，第 1408 页，北京：中华书局，2011 年版。

[35]《龙城录》，转引自《附录六　外记一百九十四则》，见〔清〕王琦注：《李太白全集》，上册，第 1410 页，北京：中华书局，2011 年版。

[36]《广列仙传》，转引自《附录六　外记一百九十四则》，见〔清〕王琦注：《李太白全集》，上册，第 1410 页，北京：中华书局，2011 年版。

[37]《御选唐宋诗醇》，卷八，见〔清〕王琦注：《李太白全集》，上册，第 1226 页，北京：中华书局，2011 年版。

第四章　血色文稿

[1]"颜真卿特别展"展期从 2019 年 1 月 16 日至 2 月 24 日。

[2] 斯小东：《〈祭侄文稿〉：一期一会，一生悬命》，原载《南方航空》，2019 年 3 月号。

[3] 汤哲明：《颜真卿何以超越了王羲之》，原载《文汇报》，2019 年 2 月 21 日。

[4]〔唐〕白居易:《长恨歌》,见孙明君评注:《白居易诗选》,第22页,北京：人民文学出版社,2005年版。

[5]〔唐〕杜甫:《丽人行》,见萧涤非选注：《杜甫诗选注》,第30页,北京：人民文学出版社,2017年版。

[6]〔唐〕白居易:《长恨歌》,见孙明君评注:《白居易诗选》,第21页,北京：人民文学出版社,2005年版。

[7]〔唐〕李白:《古风五十九首·其十九》,见《李太白全集》,上册,第100页,北京：中华书局,2011年版。

[8]〔后晋〕刘昫等撰:《旧唐书》,第2441页,北京：中华书局,2000年版。

[9]《论语·大学·中庸》,第352页,北京：中华书局,2011年版。

[10]〔唐〕杜甫:《奉赠韦左丞丈二十二韵》,见萧涤非选注:《杜甫诗选注》,第20页,北京：人民文学出版社,2017年版。

[11] 张锐锋:《古战场》,见《蝴蝶的翅膀》,第193页,北京：解放军文艺出版社,1999年版。

[12]〔唐〕杜甫:《北征》,见萧涤非选注:《杜甫诗选注》,第92页,北京：人民文学出版社,2017年版。

[13] 现为江苏省常州市代管的县级市。

[14] 参见安旗:《李白传》,第252页,北京：人民文学出版社,2019年版。

[15] 今陕西澄县。

[16] 冯至:《杜甫传》,第60—61页,北京：人民文学出版社,

1980 年版。

[17]〔唐〕杜甫：《月夜》，见萧涤非选注：《杜甫诗选注》，第 72 页，北京：人民文学出版社，2017 年版。

[18] 王晓磊：《六神磊磊读唐诗》，第 166 页，北京：北京十月文艺出版社，2017 年版。

[19]〔唐〕杜甫：《自京窜至凤翔喜达行在所三首》，见萧涤非选注：《杜甫诗选注》，第 82 页，北京：人民文学出版社，2017 年版。

[20]〔唐〕杜甫：《北征》，见萧涤非选注：《杜甫诗选注》，第 92 页，北京：人民文学出版社，2017 年版。

[21]〔唐〕李白：《经乱后将避地剡中，留赠崔宣城》，见《李太白全集》，下册，第 545 页，北京：中华书局，2017 年版。

[22] 葛兆光：《中国思想史》，第二卷，第 31 页，上海：复旦大学出版社，2001 年版。

[23] 祝勇：《为什么唐朝会出李白》，第 5 页，上海：上海文艺出版社，2018 年版。

[24] 葛兆光：《中国思想史》，第二卷，第 35 页，上海：复旦大学出版社，2001 年版。

[25]〔唐〕韩愈：《原道》，见《唐文》，第 200 页，石家庄：河北教育出版社，2001 年版。

[26] 同上书，第 202—203 页。

[27] 我们今天能够看到的颜真卿楷书作品大多为拓本，北京故宫博物院藏有若干颜真卿楷书作品，如《竹山堂连句》册，虽为不晚于

宋代的临本，但比较接近颜真卿的年代，是研究颜真卿书法有用的早期资料。

[28] 范文澜：《中国通史》，第四册，第 375 页，北京：人民出版社，1978 年版。

[29] 李泽厚：《美的历程》，第 135—136 页，合肥：安徽文艺出版社，1994 年版。

[30]［美］倪雅梅：《中正之笔——颜真卿书法与宋代文人政治》，第 122 页，南京：江苏人民出版社，2018 年版。

[31] 同上。

[32] 同上书，第 3 页。

[33]〔后晋〕刘昫等撰：《旧唐书》，第 2935 页，北京：中华书局，2000 年版。

[34]〔唐〕韩愈：《石鼓歌》，见《韩昌黎集》，第二卷，第 44 页，上海：商务印书馆，1936 年版。

[35]［美］倪雅梅：《中正之笔——颜真卿书法与宋代文人政治》，第 122 页，南京：江苏人民出版社，2018 年版。

[36] 今北京市宣武区西部广安门一带。

[37] 今湖北枣阳西南。

第五章　吃鱼的文化学

[1] 黄裳：《读怀素〈食鱼帖〉》，见李陀、北岛选编：《给孩子的散文》，第 99 页，北京：中信出版集团，2015 年版。

[2] 同上书，第 99—100 页。

[3]〔唐〕杜甫：《八仙歌》，见萧涤非选注：《杜甫诗选注》，第 14 页，北京：人民文学出版社，2017 年版。

[4]〔唐〕李白：《草书歌行》，见熊礼汇评注：《李白诗选》，第 315 页，北京：人民文学出版社，2016 年版。

[5] 转引自徐利明：《中国书法风格史》，第 295 页，郑州：河南美术出版社，1997 年版。

[6] 目前能见到的《自叙帖》有三本，分别是台北故宫博物院藏本、流失日本的半卷本和契兰堂本，傅申先生说，这三本惊人的相似，是"三胞本"。关于故宫藏本（原为北平故宫博物院藏，解放战争时随船去台），1936 年故宫博物院朱家济先生认为"跋真帖摹"，1983 年启功先生认为"跋真帖摹（钩摹）"，1987 年徐邦达先生认为"跋真帖临"，2004 年傅申先生认为"（台北）故宫本为写本，下限为北宋末"，次年否定自己的意见，认为是"北宋映写本"。目前学界大多认为，台北故宫博物院藏《自叙帖》不是怀素亲笔原件。启功先生认为："（《自叙帖》）摹法极精，飞白干笔，神采生动。"若是摹写本，摹得如此逼真，依然能够传达怀素狂草的神采，唐宋人的复制水平足以令人叹服。参见刘涛：《字里书外》，第 175—176 页，北京：生活·读书·新知三联书店，2017 年版。

[7] 徐邦达先生从笔法、题跋、印章、著录、生平、作伪、作品材质等多方面进行对比，认为《食鱼帖》为唐代临摹本。参见徐邦达：《古摹怀素〈食鱼帖〉的发现》，原载《文物》，1979 年第 2 期。

[8]〔唐〕欧阳询:《八法》,见栾保群编:《书论汇要》,上册,第87页,北京：故宫出版社,2014年版。

[9] 蒋勋:《汉字书法之美》,第110页,桂林:广西师范大学出版社,2009年版。

[10]〔清〕曹雪芹著、无名氏续:《红楼梦》,上卷,第10页,北京：人民文学出版社,2008年版。

[11]〔唐〕李白:《草书歌行》,见熊礼汇评注:《李白诗选》,第315页,北京：人民文学出版社,2017年版。

[12] 吴克敬:《书法的故事》,第86页,北京：故宫出版社,2012年版。

[13]〔北宋〕黄庭坚:《跋东坡墨迹》,见《黄庭坚全集》,第774—775页,成都：四川大学出版社,2001年版。

[14]〔北宋〕黄庭坚:《跋东坡叙英皇事帖》,见《黄庭坚全集》,第773页,成都：四川大学出版社,2001年版。

[15] 参见杨治宜:《“自然”之辩——苏轼的有限与不朽》,第86—87页,北京：生活·读书·新知三联书店,2018年版。

[16] [土耳其] 奥尔罕·帕慕克:《别样的色彩——关于生活、艺术、书籍和城市》,第2页,上海：上海人民出版社,2011年版。

[17]〔唐〕颜真卿:《张长史十二意笔法》,见栾保群编:《书论汇要》,上册,第211页,北京：故宫出版社,2014年版。

[18] 杨治宜:《“自然”之辩——苏轼的有限与不朽》,第95—96页,北京：生活·读书·新知三联书店,2018年版。

[19]〔唐〕李白:《宣州谢朓楼饯别校书叔云》,见熊礼汇评注:《李白诗选》,第 216 页,北京：人民文学出版社,2016 年版。

[20]〔清〕曹雪芹著、无名氏续:《红楼梦》,上卷,第 10 页,北京：人民文学出版社,2008 年版。

[21] 同上书,第 2 页。

第六章　蔡襄以及蔡京

[1]〔北宋〕曾巩:《移沧州过阙上殿劄子》,见《曾巩集》,第 21 页,郑州：中州古籍出版社,2010 年版。

[2]〔北宋〕司马光:《涑水记闻》,见《全宋笔记》,第一编,第七册,第 48 页,郑州：大象出版社,2003 年版。

[3]〔北宋〕苏轼:《张文定公墓志铭》,见《苏轼全集校注》,第十二册,第 1479 页,石家庄：河北人民出版社,2010 年版。

[4]〔北宋〕欧阳修:《上范司谏书》,见《欧阳修集》,第 232 页,南京：凤凰出版社,2014 年版。

[5]〔元〕脱脱等撰:《宋史》,第 8365 页,北京：中华书局,2000 年版。

[6] 同上书,第 8230 页。

[7]〔北宋〕晏殊:《浣溪沙》,见《全宋词（简体增订本）》,第一册,第 112 页,北京：中华书局,1999 年版。

[8] 同上书,第 114 页。

[9]〔北宋〕欧阳修:《与高司谏书》,见《欧阳修集》,第 228 页,南京：凤凰出版社,2014 年版。

[10] 今湖北省宜昌市。

[11] 参见徐邦达：《徐邦达集》，第二册《古书画过眼要录（一）》，第 224—225 页，北京：紫禁城出版社，2005 年版。

[12] 〔北宋〕欧阳修：《端明殿学士蔡公墓志铭》，见《全宋文》，第十八册，第 368 页，上海：上海辞书出版社，2006 年版。

[13] 〔北宋〕苏轼：《跋君谟书赋》，见《苏轼全集校注》，第十九册，第 7809 页，石家庄：河北人民出版社，2010 年版。

[14] 参见徐邦达：《徐邦达集》，第三册《古书画过眼要录（二）》，第 465 页，北京：紫禁城出版社，2005 年版。

[15] 关于蔡襄与蔡京是否有亲属关系，历来说法不一。学者林毓莎根据地方性孤本文献《蔡氏族谱》和《木兰陂志》，结合宋代史料认为，蔡襄与蔡京为拥有同一曾祖父的祖兄弟关系，尚在五服之内。详见林毓莎：《蔡襄与蔡京关系考辨》，原载《莆田学院学报》，2019 年第 1 期。

[16] 今湖南省长沙市。

[17] 徐邦达：《徐邦达集》，第二册《古书画过眼要录（一）》，第 224 页，北京：紫禁城出版社，2005 年版。

[18] 〔北宋〕苏轼：《书唐氏六家书后》，见《苏轼全集校注》，第十九册，第 7892 页，石家庄：河北教育出版社，2010 年版。

[19] 伍立杨：《书法性格》，见《浮世逸草》，第 76 页，北京：中央编译出版社，1996 年版。

[20] 参见〔北宋〕苏轼：《东坡题跋》，见《苏轼全集校注》，第十三册，第 7794 页，石家庄：河北教育出版社，2010 年版。

[21] 同上书，第 7824 页。

[22] 〔明〕傅山：《霜红龛集》，第 334 页，太原：山西人民出版社，1985 年版。

[23] 〔清〕朱和羹：《临池心解》，见《历代书法论文选》，第 740 页，上海：上海书画出版社，1979 年版。

[24] 〔北宋〕沈括著，金良年、胡小静译：《〈梦溪笔谈〉全译》，第 176 页，上海：上海古籍出版社，2013 年版。

[25] 〔北宋〕苏轼：《跋君谟飞白》，见《苏轼全集校注》，第十九册，第 7809 页，石家庄：河北人民出版社，2010 年版。

[26] 〔北宋〕苏轼：《跋君谟书赋》，见《苏轼全集校注》，第十九册，第 7809 页，石家庄：河北人民出版社，2010 年版。

[27] 〔北宋〕欧阳修《归田录》，见《全宋笔记》，第一编，第七册，第 260 页，郑州：大象出版社，2003 年版。

[28] 同上。

[29] 参见唐红卫等：《二晏年谱长编》，天津：南开大学出版社，2016 年。

第七章　欧阳修的醉与醒

[1] 今安徽省地级市，长江三角洲中心区二十七城之一。

[2] 吴钧：《宋仁宗——共治时代》，第 317 页，桂林：广西师范大学出版社，2020 年版。

[3] 今江西省赣州市。

[4]〔北宋〕欧阳修:《望江南》,见《全宋词》,第一册,第 201 页,北京:中华书局,1999 年版。

[5]〔北宋〕曾巩:《上欧(阳修)蔡(襄)书》,见《曾巩集》,第 72 页,郑州:中州古籍出版社,2010 年版。

[6] 王水照、崔铭:《欧阳修传》,第 198 页,北京:人民文学出版社,2019 年版。

[7]《老子》,第 61 页,郑州:中州古籍出版社,2008 年版。

[8]〔北宋〕欧阳修:《丰乐亭记》,见《欧阳修集》,第 168 页,南京:凤凰出版社,2015 年版。

[9]〔北宋〕苏轼:《临江仙》,见《苏轼全集校注》,第九册,第 409 页,石家庄:河北人民出版社,2010 年版。

[10]〔唐〕李白:《将进酒》,见《李太白全集》,上册,第 160 页,北京:中华书局,2011 年版。

[11]〔北宋〕欧阳修:《采桑子》,见《欧阳修集》,第 105 页,南京:凤凰出版社,2014 年版。

[12] 同上。

[13]〔北宋〕欧阳修:《浪淘沙》,见《欧阳修集》,第 145 页,南京:凤凰出版社,2014 年版。

[14]〔北宋〕欧阳修:《圣无忧》,见《欧阳修集》,第 144 页,南京:凤凰出版社,2014 年版。

[15]〔北宋〕欧阳修:《怀嵩楼新开南轩与郡僚小饮》,见《欧阳修集》,第 49 页,南京:凤凰出版社,2014 年版。

[16]〔北宋〕欧阳修：《丰乐亭游春三首》，见《欧阳修集》，第 48 页，南京：凤凰出版社，2014 年版。

[17]〔北宋〕欧阳修：《菱溪大石》，见《欧阳修集》，第 48 页，南京：凤凰出版社，2014 年版。

[18]〔北宋〕欧阳修：《梦中作》，见《欧阳修集》，第 66 页，南京：凤凰出版社，2014 年版。

[19]〔南宋〕朱弁：《曲洧旧闻》，第 120 页，北京：中华书局，2002 年版。

[20]《苏轼词编年校注》，中册，第 451 页，北京：中华书局，2002 年版。

[21] 刘九庵主编：《中国历代书画真伪对照图录》，第 64—67 页，北京：故宫出版社，2013 年版。

[22]〔北宋〕欧阳修：《题滁州醉翁亭》，见《欧阳修集》，第 40 页，南京：凤凰出版社，2014 年版。

[23]〔北宋〕欧阳修：《沧浪亭》，见《欧阳修集》，第 52 页，南京：凤凰出版社，2014 年版。

[24] 郑骞：《宋代在中国文化史上的地位》，转引自扬之水：《宋代花瓶》，第 32 页，北京：人民美术出版社，2014 年版。

[25]〔北宋〕曾巩：《上欧阳舍人书》，见《曾巩集》，第 80 页，郑州：中州古籍出版社，2010 年版。

[26]〔元〕脱脱等撰：《宋史》，第 33 页，北京：中华书局，2000 年版。

[27] 参见 http://blog.sina.com.cn/s/blog_14065c6220102vs6n.

html。

[28]　同上。

[29]　同上。

[30]　文中"进退晔如"一作"进趋裕如"，参见〔北宋〕苏轼：《跋欧阳文忠公书》，见《苏轼全集校注》，第十九册，第 7820 页，石家庄：河北人民出版社，2010 年版。

[31]　参见 http://blog.sina.com.cn/s/blog_14065c6220102vs6n.html。

[32]　〔北宋〕欧阳修：《六一居士传》，见《欧阳修集》，第 246 页，南京：凤凰出版社，2014 年版。

[33]　今安徽省阜阳市颍州区。

[34]　〔北宋〕苏轼：《酒隐赋》，见《苏轼全集校注》，第十册，第 93 页，石家庄：河北人民出版社，2010 年版。

[35]　〔北宋〕苏轼：《醉翁操》，见《苏轼全集校注》，第九册，第 440 页，石家庄：河北人民出版社，2010 年版。

[36]　同上。

The Beauty
of Antiquities
in The Palace
Museum Vol. 4